Udo Bauch · Zugunglück von Eschede überlebt

Eschede, 3. Juni 1998, 10.59 Uhr: Der ICE 884 »Wilhelm Conrad Röntgen« rast mit Tempo 200 in eine verheerende Katastrophe und reißt 101 Menschen in den Tod. Unter den Überlebenden befindet sich der schwerverletzte Familienvater Udo Bauch.

In diesem Buch berichtet er über seinen schweren Weg zurück ins Leben. Er berichtet auch über seine Erfahrungen mit der Deutschen Bahn AG, mit Ämtern und Behörden. Vor allem aber beschreibt er den wunderbaren Zusammenhalt der Familie und die nachhaltige Unterstützung von Freunden. Beides, so weiß er, hat seine Heilung erst möglich gemacht.

Der letzte Teil des Buches erzählt über Glauben und Hoffnung und den Bau eines kleinen Gotteshauses.

Der Autor erklärt spannend und allgemein verständlich, wie er nach seinem Unfall ins Leben zurück fand und welche Hürden dabei zu bewältigen waren.

Für alle, die ähnliche Schicksalsschläge hinnehmen mussten, kann dieses Buch Trost und Ratgeber sein. Aber auch für alle anderen Leser zeigt es auf wunderbare Weise, was es bedeutet, das Leben als Geschenk zu betrachten.

Udo Bauch wurde am 20. Oktober 1967 in Villingen im Schwarzwald geboren. Seine Frau Monika und er haben drei Kinder, Patrick (13), Kristina (9) und Marie-Jeanette (1). Die Familie lebt in Eichenzell, einer Gemeinde in der Nähe von Fulda. Vor dem Unfall bekleidete der Betriebswirt die Funktion eines Regionalleiters bei der BP-Mineralöle.

Udo Bauch

Zugunglück von Eschede überlebt

Mein schwerer Weg zurück ins Leben

Ein Opfer berichtet über seine Erfahrungen

Anschrift des Autors:

Betriebswirt Udo Bauch
Am Alten Sportplatz 18
36124 Eichenzell
Tel.: 06659/2825
Fax: 06659/915821

April 2003
© 2003 Udo Bauch
Satz und Layout: Buch & medi@ GmbH, München
Umschlaggestaltung: Kay Fretwurst, Spreeau
Herstellung: Books on Demand GmbH, Norderstedt
Printed in Germany · ISBN 3-8330-0806-7

Gewidmet meiner herzensguten Frau Monika,

meinen Kindern Patrick, Kristina, Marie-Jeanette

und meinen lieben Eltern

Inhalt

Udo Bauch mit seiner Frau Monika am Hochzeitstag

Vorwort

Am 3. Juni 1998 hat sich mein Leben schlagartig und nachhaltig verändert.

Als ich an diesem Tag im Unglückszug, dem ICE »Wilhelm Conrad Röntgen«, saß und den heftigen Schlag des Aufpralls vernahm, dachte ich, mein junges Leben sei mit 30 Jahren zu Ende.

Doch dank des Willen Gottes und dank des Beistandes der Gottesmutter Maria kam es anders – es muss mich eine ganze Schar von Schutzengeln begleitet und verhindert haben, dass ich sterbe.

Nach über vier Jahren sitze ich hier und schreibe an diesem Buch, das meine Erlebnisse und Erfahrungen mit dem schwersten und schlimmsten Zugunglück in der Nachkriegsgeschichte der Bundesrepublik Deutschland schildern soll.

Neben dem Unfall und seinen schlimmen Folgen sollen in diesem Buch meine persönlichen Erfahrungen mit der Deutschen Bahn, mit Ämtern, Institutionen und Medienanstalten behandelt werden.

Die Veröffentlichung dieses Buches ist mir auch deshalb ein tiefes Bedürfnis, weil ich darin denjenigen Menschen danken möchte, die mir nach meinem Unfall hilfreich zur Seite standen.

Vor allem möchte ich von der großen Bedeutung erzählen, die die Unterstützung von Familie und Freunden in dieser schweren Zeit für mich hatte.

Wie der Glaube mein Leben beeinflusste und welche Auswirkungen der Unfall auf meinen Glauben hatte, soll auch in diesem Buch zum Ausdruck kommen.

Deshalb werde ich den Bau der Lourdeskapelle beschreiben, die als Ort der Stille und Dankbarkeit entstanden ist und seither eine große Rolle für mich spielt.

Mit meinen Erfahrungen möchte ich anderen Unfallopfern

neuen Mut zusprechen und, soweit es möglich ist, versuche ich, ihnen in diesem Buch Rat zu geben.

Ich wünsche mir von Herzen, dass dieses Buch angenommen wird und trotz der Tragödie, die ihm zu Grunde liegt, gern gelesen wird. Es möge vielen Menschen bei der Bewältigung von ähnlichen Unfällen und Lebenskrisen Hilfe und Unterstützung bieten. Sollten Sie Fragen an mich haben oder Rat brauchen, so stehe ich gerne zu Ihrer Verfügung. Ich helfe dort, wo ich helfen kann und wo meine Unterstützung gebraucht wird.

Über den Autor und seine Familie

Ich wurde 1967 in Villingen, einer alten Zähringerstadt im Schwarzwald, als zweites und jüngstes Kind von Brigitte und Hans Bauch geboren. Ich erlebte mit meinen Eltern und dem zwei Jahre älteren Bruder Frank eine glückliche und schöne Kindheit.

Mit 16 Jahren absolvierte ich eine Ausbildung zum Industriekaufmann. In einem Abendstudium habe ich mich dann zum Betriebswirt (VWA) weitergebildet.

Schon in meiner Jugendzeit entwickelte ich großes Engagement und Dynamik, was sich in der Mitarbeit kommunalpolitischer Gremien und der aktiven Mitwirkung in mehreren Fasnachtsvereinen wiederspiegelte. Mit 14 Jahren schrieb ich meinen ersten Bericht in einer Modellfachzeitschrift und mit 17 Jahren wurde ich Mitherausgeber einer Informationsbroschüre für den öffentlichen Dienst. Als freier Mitarbeiter mehrere Lokalzeitungen (Südwestpresse, Sportpanorama und Stadtrevue) lernte ich Land und Leute kennen. Diese Tätigkeit hat mein Wissen verbessert und mich um viele Erfahrungen bereichert.

So erlernte ich schon in früher Jugendzeit Dinge, die man eigentlich nur als Erwachsener erlebt. Zum Beispiel gründete ich den Fasnachtsverein»Schabelhexenzunft Bad Dürrheim e.V.« und eine freie und unabhängige Bürgervereinigung, »F.U.B.«, die Filz- und Vetterleswirtschaft aufdecken sollte. Für die Stadt Villingen-Schwenningen forderte ich einen Jugendgemeinderat.

Auch die ehrenamtliche Arbeit (manchmal sogar als Vorstand) in diversen anderen Gruppen und Vereinen machte mir große Freude und erweiterte meinen persönlichen Horizont. Dazu gehören der Katzenmusikverein Villingen, die Glonki-Gilde Villingen, die Schindelhanselzunft Villingen und die Nord-Ostddeutsche Landsmannschaft Schwenningen.

Meine Eltern unterstützten uneingeschränkt die zahl-

11

reichen Aktivitäten ihres Sohnes. Weitere Unterstützung fand ich in dieser Zeit, die für mich einen wichtigen Lernprozess darstellte, bei meinem älteren Freund Jürgen Häbe und meinem früheren Arbeitskollegen Günter Wetzel. Von beiden Personen konnte ich viel lernen und deshalb sollen sie in diesem Buch namentlich erwähnt sein. Später lernte ich noch Josef Müller kennen, einen liebenswürdigen Menschen, von dem ich ebenfalls viel lernen konnte.

Nach einigen Liebschaften und Jugendfreundinnen lernte ich in der Silvesternacht 1985 meine heutige Ehefrau Monika kennen. Diese Verbindung brachte eine schöne und ernsthafte Wende in mein Leben und war so harmonisch, dass wir uns bereits im Juni 1986 kirchlich verlobten und im September 1987 heirateten. Die kirchliche Verlobung und Hochzeit waren ganz besondere Feste, an die wir uns immer gerne erinnern.

Bis heute gingen drei gesunde Kinder aus dieser Ehe hervor und wir sind immer noch glücklich verheiratet. In der schweren Zeit nach dem Unfall hielt Monika am Eheversprechen»in guten und in bösen Tagen« fest und setzte dabei Zeichen ihrer großen Liebe. Patrick, Kristina und Marie-Jeanette bereiten uns viel Spaß und Freude.

Beruflich stellten sich nach meiner Ausbildung und Fortbildung zum Betriebswirt schnell und kontinuierlich Erfolge ein. In mehreren Betrieben konnte ich Erfahrungen in der Buchhaltung und im Verkauf sammeln. Aufgrund meiner guten Leistungen wurde ich dann Verkaufsbüroleiter und später Regionalleiter bei der Deutschen BP Mineralöle. Der Preis hierfür waren sicherlich ein großer Zeitaufwand, verbunden mit Fleiß und hohem Einsatz.

Zusammengefasst war mein Leben vor dem Unfall geprägt von vielen schönen Ereignissen und von Harmonie und Glück in der Familie. Durch den beruflichen Aufstieg konnten wir unser Leben außerdem noch auf eine gute finanzielle Basis stellen.

Die beiden großen Kinder Patrick und Kristina reiten
mit Begeisterung.

Udo Bauch mit seinem Sonnenschein Marie-Jeanette

Udo Bauch mit seiner Tochter Kristina vor dem Unglück

Was dann im Rahmen einer Dienstreise am 3. Juni 1998 passieren sollte, damit hatte niemand in der Familie gerechnet. Das Schicksal traf mich – und damit auch meine Familie. Doch wir haben immer wieder Mut und Lebenskraft gefunden, um die schwierige Zeit nach dem Unfall gut zu überstehen und das Beste aus der Situation zu machen. Das Schicksal anzunehmen und trotz allem guten Mutes in die Zukunft zu blicken, das ist ein Motto von mir. Und ich bin dankbar über meinen ungebrochenen Willen, die persönliche Lebenssituation glücklich zu gestalten.

So wagte ich mich auch an dieses Buch, um meine persönliche Lebenssituation aufzuschreiben. Ich möchte Menschen in ähnlichen Lebenskrisen damit Mut machen, eine solche Situation mit Hilfe des Glaubens anzunehmen und dadurch positiv zu verändern.

Immer wieder denke ich aber auch an die glücklichen 30 Jahre vor dem Unfall zurück, wovon das nächste Kapitel handelt.

Das Leben vor dem Unglück

Ein Arbeitstag von 12 Stunden war für mich nichts Besonderes und dienstliche Reisen waren an der Tagesordnung. Ich war also voll und ganz für meinen Beruf da und engagierte mich weit über das übliche Maß.

Monika versorgte zu Hause liebevoll die beiden Kinder Patrick und Kristina und den Haushalt.

In meinen beruflichen Aufgaben blühte ich auf und somit war der Beruf in meinem Leben in den Vordergrund getreten. Ich empfand es zwar nicht so, dass ich die Familie dabei vernachlässigte, aber tatsächlich war es so, dass ich durch den enormen zeitlichen Aufwand der beruflichen Tätigkeit meine Kinder manchmal tagelang nicht sah. An manchen Tagen war ich morgens schon aus dem Haus, wenn sie aufwachten, und kam abends erst von der Arbeit, wenn sie bereits im Bett waren. Das war ein Zustand, den ich selbst nicht für glücklich hielt, aber damals als unabänderlich betrachtete.

In der Regel versuchte ich aber, auch wenn ich abgeschlagen und müde war, abends noch etwas mit der Familie zu unternehmen und somit meiner Vaterrolle gerecht zu werden. Sicherlich ist das nicht immer ganz gelungen.

Als ich im Jahre 1996 mit meiner Familie aus beruflichen Gründen von Villingen-Schwenningen in die Domstadt Fulda zog, bedeutete das natürlich für die ganze Familie einen Neuanfang, der anfangs nicht leicht gefallen ist. Ich hatte meine berufliche Herausforderung als Verkaufsbüroleiter bei der BP und fand mich rasch in meine neue und verantwortungsvolle Aufgabe hinein. Monika hatte die Kinder und die große Wohnung zu versorgen, was ihr auch immer hervorragend gelungen ist. Als Freizeitbeschäftigung entschieden wir uns für den Pferdesport. Patrick bekam im nahe gelegenen Reitstall Heinle seine ersten Unterrichtsstunden, was ihm von Anfang an große Freude machte. Herrmann und Bettina Heinle waren hervorragende Reitlehrer für unseren Sohn. Monika hatte das Reiten schon in den Adern, weil sie es aus ihrer Jugendzeit kannte und außerdem auf einer großen Landwirtschaft unter drei Geschwistern aufgewachsen war. Sie hatte im elterlichen Betrieb den Beruf der ländlichen Hauswirtschafterin erlernt. Schon deshalb war sie als Hausfrau und Mutter herausragend, und ich als »Karrieremann« war stolz darauf.

Wenn es zeitlich passte, fand die Familie sich abends auf dem Reiterhof Heinle in Künzell-Engelhelms zusammen. Dort erlebten wir viele schöne Stunden.

Etwa alle vier Wochen besuchten wir zu Beginn die Eltern bzw. Schwiegereltern im Schwarzwald und auch den Rest der großen Familie und den dortigen Freundeskreis.

Insgesamt galt die Familie Bauch als eine glückliche und zufriedene Familie, und das waren wir schließlich auch – und wir sind es trotz des schweren Schicksals auch heute noch.

Auch das Glück spielte mit. Die Kinder waren Gott sei Dank gesund, wir selbst waren gesund, und finanziell waren wir auf Grund meiner guten beruflichen Position voll abgesichert. Wir hatten eine schöne Wohnung, wohnten mit der Rhön und Fulda in einer schönen Gegend und hatten als junge Familie schon bald einen großen und guten Freundeskreis gefunden.

Ein Jahr nachdem ich die neue berufliche Herausforderung in Fulda angenommen hatte, kam ein interessantes und verlockendes Angebot aus der alten Heimat. Doch nach reiflicher Überlegung und weil wir uns in der neuen Stadt so gut eingelebt hatten, entschieden Monika und ich gemeinsam, dass wir in Fulda bleiben wollten. Das war auch besser für die Kinder, die sich gerade eingelebt hatten. Ein Rückzug nach Villingen wäre für sie zu diesem Zeitpunkt nicht gut gewesen. Wir entschieden also zum Wohle der Kinder so, obwohl die Verführung groß gewesen wäre, wieder bei den Eltern und der Familie zu wohnen, die uns in der neuen Stadt fehlten!

Aufgrund der langen Fahrtstrecke in den Schwarzwald

und der neuen Verpflichtungen wurden die Fahrten nach Hause auch seltener. Oft waren wir traurig darüber. Welche große Rolle Eltern, Geschwister und Familie spielen, davon wird in diesem Buch später noch die Rede sein.

Die Jahre bis zum Unglück waren gute Jahre für die Familie Bauch. Wir sind als Familie dankbar für diese gute Zeit und sehen heute das Leben mit anderen Augen. Man lebt bewusster und genießt die guten Dinge des Lebens intensiver, weil man mittlerweile gelernt hat, wie schlagartig sich das Leben verändern kann und wie schnell es auch vorbei sein kann.

So haben sich nach dem tragischen Unfall die Lebensprioritäten verschoben und wir genießen das Familienleben mit allen Höhen und Tiefen. Wir sind heute einfach glücklich darüber, uns noch zu haben und morgens aufzustehen und leben zu dürfen! Die Natur zu sehen, normal essen zu können, beten zu dürfen und gesunde Kinder zu haben, für all das sind wir heute dankbar und betrachten es nicht als Selbstverständlichkeit.

Betrachten Sie Ihr eigenes Leben kritisch und versuchen Sie zu erkennen, in welchen Situationen Sie Ihre Gesundheit bewusst gefährden. Denn Gesundheit ist und bleibt das höchste Gut, das wir haben!

Das ICE-Unglück von Eschede

Als am frühen Morgen des 3. Juni 1998 der Intercity-Express 884 mit dem unvergesslichen Namen »Wilhelm Conrad Röntgen« seine Fahrt im Bahnhof München begann, ahnte niemand, dass der Hochgeschwindigkeitszug am selben Vormittag entgleisen sollte und viele Menschen getötet werden würden.

Bis zum Hauptbahnhof Hannover war der Zug ganz normal gefahren. Um 10.33 Uhr setzte er sich von hier aus wieder in Bewegung. Nächster planmäßiger Halt sollte um 11.41 Uhr der Bahnhof Hamburg-Harburg sein. Es kam nicht dazu. Das Schicksal wollte es anders und Deutschland wurde auf tragische Weise geschockt. Das Vertrauen in die Sicherheit des Aushängeschilds der Deutschen Bahn sollte erschüttert werden. Denn der ICE 884 entgleiste in Eschede und prallte gegen eine Betonbrücke.

Der aus insgesamt 14 Teilen bestehende Zug setzte sich aus dem vorderen Triebkopf, acht Reisezugwagen 2. Klasse, einem Speisewagen und drei Reisezugwagen 1. Klasse zusammen. Diese Zugzusammensetzung gilt als Standard und war nichts Ungewöhnliches. In einem der drei Reisezugwagen der 1. Klasse befand ich mich als Zugpassagier auf dem Weg zu einer Tagung in Hamburg.

Mit dem Zeitpunkt des Unglücks kam über viele hundert Zugpassagiere unsagbares Leid und große Schmerzen. Für die Angehörigen der Opfer waren die ersten Tage, in denen noch nicht alle Toten identifiziert waren, eine Zerreißprobe zwischen Hoffnung und tiefer Trauer und Verzweiflung.

Der Unglücks-ICE war an diesem Tag wie gewohnt in München gestartet und absolvierte auf der Strecke München-Hamburg Geschwindigkeiten bis zu 200 Stundenkilometer. Zur Zeit als das tragische Unglück passierte, hatte der Zug ebenfalls eine Geschwindigkeit von 200 km/h.

Am 3. Juni 98 befanden sich in diesem Zug viele Geschäftsreisende und auch Fahrgäste, die in den Urlaub nach Hamburg oder an die Nordsee fahren wollten, um dort unbeschwert ihre Ferien zu verbringen. Durch Fehler der Deutschen Bahn AG, die noch gerichtlich zu klären sind, endete die Fahrt für die über 200 Fahrpassagiere in einer Tragödie, die die Menschen in Deutschland und auf der ganzen Welt erschütterte.

Als sich der größte Eisenbahnunfall in der Geschichte der deutschen Nachkriegszeit ereignete, geriet das kleine niedersächsische Städtchen Eschede erstmals groß in die Schlagzeilen. Die Bürger des nördlich von Celle gelegenen Eschede leisteten in beachtlichem Ausmaß Hilfe und Unterstützung bei der Erstversorgung der Opfer. Nächstenliebe und menschliche Zuneigung kamen den Eschede-Opfern fortan aus dieser Gemeinde entgegen.

Der Unglückszug hatte ein Gewicht von etwa 850 Tonnen und war 358 Meter lang. Seine Höchstgeschwindigkeit lag bei 280 km/h. Man kann kaum erahnen, welche ungeheuren Kräfte sich bei diesem Unfall entfaltet haben und was dies für die Passagiere bedeutete.

Nach Expertenuntersuchungen soll die eigentlich vermeidbar gewesene Katastrophe wie folgt verlaufen sein:

Um 10.56 Uhr, vor Kilometer 55, reißt am hinteren Drehgestell des ersten Mittelwagens bei einer Geschwindigkeit von 200 km/h ein Radreifen. Als sich eine Minute später der Radreifen vom Radkern löst und auf der Radsatzwelle hin und her schleudert, nimmt das Unglücksgeschehen seinen Lauf. Der gelöste Radreifen schlägt immer wieder gegen den Wagenboden und die Bahnschwellen.

Um 10.59 Uhr, als der Zug den Ortsanfang von Eschede erreicht, entgleist der Zug. (Einige Zugpassagiere wollten schon vor dem Unglück »merkwürdige Geräusche« gehört haben.) Jetzt reißt auch die Verbindung zwischen dem Triebkopf und dem restlichen Zug. Der Triebkopf kommt ohne zu entgleisen zwei Kilometer hinter der Bahnhofsmitte von Eschede zum Stehen. (»Du bist allein hier vorbei gefahren, du bist entgleist«, mit diesen gestammelten Worten wird der Lokführer des verunglückten ICE wenige Sekunden nach dem Unglück von einem Mitarbeiter des Bahnhofs Eschede über Funk informiert. Der mittlerweile pensionierte Lokführer hat die Entgleisung nicht einmal bemerkt.)

Der sich unter einer Brücke querstellende Wagen 3 reißt mit seinem hinteren Teil die Pfeiler der Brücke weg und wird stark beschädigt. Dann fallen Betonteile der Brücke auf den hinteren Teil des Wagens 5, worauf der Wagen 4 hochgedrückt wird und von den Wagen 3 und 5 abreißt. Er bricht nach rechts aus und bleibt unter Bäumen quer zur Fahrtrichtung stehen. Der Wagen 5 wird auseinander gerissen, hier gibt es die meisten Toten und Schwerverletzten zu beklagen. Die vordere Hälfte des Wagens kommt etwa 100 Meter hinter der Brücke zum Stehen, die andere Hälfte stellt sich vor der Brücke quer und wird von den schweren Betontrümmern der Brücke zugeschüttet. Der Wagen 6 stellt sich ebenfalls vor der Brücke quer. Hinter diesen Blechtrümmern des ICE schieben sich die Wagen 7, 9, 10, 11, 12, 14 und der hintere Triebkopf wie bei einer Harmonika zusammen. Viele Menschen werden sofort getötet oder kämpfen mit dem Leben. Ich befinde mich in einem Einzelabteil des Wagens 11. Ich lebe.

Ich hörte nach dem Unglück keine Schreie, denn es war totenstill um mich herum. Vom Einsturz der Brücke bis zum endgültigen Stillstand des zertrümmerten ICE »Wilhelm Conrad Röntgen« sollen es nur 3,6 Sekunden gewesen sein. In dieser kurzen Zeitspanne verloren 101 Menschen bei dem größten Zugunglück in der deutschen Geschichte auf qualvolle Weise ihr Leben. Auch viele Kinder waren unter den Toten zu beklagen. Und die Leben vieler weiterer Menschen, insbesondere der Angehörigen, veränderten sich durch das, was geschehen war, auf gravierende Weise.

Der Unglückshergang wurde in einer ausführlichen Fernsehsendung der ARD nach Gutachterberichten eindrucksvoll simuliert und wahrheitsgetreu nachgestellt. Bekannte Bilder, die man aus der Presse kennt und die man nicht so schnell vergessen wird.

Bereits ab 11.07 Uhr versammelten sich zahlreiche Notärzte, Polizisten, das Technische Hilfswerk, Sanitäter und Beamte des Bundesgrenzschutzes an der Unglücksstelle. Der Anblick für die Helfer muss unglaublich und schrecklich gewesen sein. Viele von ihnen hatten ein solches Ausmaß eines Unglückes in ihrem Leben noch nicht gesehen und hatten damit große Probleme. Viele Helfer von Eschede haben bis heute seelische und psychische Probleme und konnten das Unglücksgeschehen immer noch nicht vollständig verarbeiten. Ihr enormer Einsatz wurde später von vielen Seiten gewürdigt und gelobt. Bis 13 Uhr sollen sich bereits über 1000 Helfer an der Unfallstelle eingefunden haben.

Nach und nach kamen auch immer mehr Medienvertreter zum Unglücksort. Sie hatten die traurige Pflicht, die Öffentlichkeit über das schlimme Ausmaß des Zugunglückes zu informieren, was jedoch mit Ehrfurcht und Sachlichkeit geschehen ist.

Es wurde direkt am Unfallort ein Landeplatz für die notwendigen Rettungshubschrauber eingerichtet und der Luftraum wurde für alle anderen Flüge gesperrt.

Ein Unfallmediziner sprach in einem Zeitungsinterview von einem Wunder, dass im Wagen 5 überhaupt noch Verletzte geborgen werden konnten. Der Körper des Menschen ist nämlich nicht für einen Aufprall mit Tempo 200 geeignet. Üblicherweise werden die freihängenden Körperteile (Arme, Beine und Kopf) einfach abgerissen und der Mensch stirbt. Mit den inneren Organen geschieht Ähnliches. Die meisten Menschen, die getötet wurden, starben laut Medizingutachtern tatsächlich innerhalb weniger Sekunden und mussten daher nicht lange leiden. Vielleicht ein kleiner Trost für die Hinterbliebenen in ihrem großen Leid.

Ich hatte unsagbares Glück (ich nenne es meinen Schutzengel), dass dasselbe nicht auch mit mir geschah.

Am Abend des 3. Juni 1998 trafen 28 Männer und Frauen in einem Hotel in Hannover ein. Sie gehörten zu den 120 Spezialisten – 90 vom Bundeskriminalamt und 30 externe Mitarbeiter –, die bei der Identifizierung der Opfer helfen sollten.

Die Zahl der Todesopfer und Verletzten war lange nicht genau bekannt, weil viele Opfer verstümmelt wurden. Erst

22

nach einer Woche stand fest, dass die gefundenen Leichen-, Körper- und Gewebeteile zu insgesamt 101 Opfern gehörten. 60 Geistliche wurden nach Eschede entsandt, um den vielen trostsuchenden, verwirrten und verzweifelten Hinterbliebenen Beistand zu leisten. Am 4. Juni wurden an allen öffentlichen Gebäuden die Flaggen auf Halbmast gesetzt und auch Bundeskanzler Helmut Kohl und der damalige Ministerpräsident Gerhard Schröder trafen in Eschede ein und versprachen nicht nur eine lückenlose Aufklärung des Unfallgeschehens, sondern auch eine schnelle und unbürokratische Hilfe für die Unfallopfer und Hinterbliebenen.

Dies waren im Nachhinein betrachtet – wenigstens aus der Sicht eines Opfers – leider nur Politikersprüche. Die vielen Hinterbliebenen und Verletzten wurden eines Besseren belehrt und fühlen sich teilweise bis heute von der Deutschen Bahn AG schlecht behandelt.

Aus dem gesamten Landkreis Celle mussten am 3. Juni 1998 die Leichenwagen zum Abtransport der Todesopfer eingesetzt werden. Vom 04.06.1998 bis 06.06.1998 wurden an vier Sektionstischen die Obduktionen vorgenommen. 98 Opfer des Zugunglückes wurden zur Aufbewahrung und Identifizierung in das Institut für Rechtsmedizin der Medizinischen Hochschule Hannover gebracht. Einige Stockwerke höher lag ich auf der Intensivstation und hatte mit meinen schweren Verletzungen zu kämpfen. Meine Frau ahnte zu diesem Zeitpunkt noch nichts von meinem kritischen und lebensgefährlichem Zustand. So war in Eichenzell das Leben noch ganz normal. Gott sei Dank, dass ich das Unglück überhaupt überleben durfte!

Es dauerte Wochen, bis die Unglücksstelle geräumt werden konnte und vollständig untersucht war. Die Bergung des Unglückszuges erwies sich als eine Herausforderung für die Experten und zahlreichen Helfer. Die Einsatzkräfte sahen Bilder, die sie ihr Leben lang nicht vergessen werden. Menschliche Körper, zermalmt, zerquetscht und teilweise bis zur Unkenntlichkeit entstellt.

Die Rettungsmaßnahmen verliefen jedoch gut organisiert.

Die Zusammenarbeit der verschiedenen Rettungskräfte war harmonisch und zahlreiche ehrenamtliche Helferinnen und Helfer beteiligten sich spontan an den Rettungs- und Betreuungsmaßnahmen. Noch heute sind viele Retter und Helfer in psychologischer Behandlung. So gab es nicht nur seelische und psychische Folgen für die Eschede-Opfer, sondern auch für eine große Anzahl anderer betroffener Menschen.

Die Anklage lautet nun auf fahrlässige Tötung und fahrlässige Körperverletzung in über 200 Fällen. Drei Ingenieure müssen sich derzeit in einem Mammutprozess vor Gericht verantworten. Zwei Bahn-Mitarbeitern und einem Abteilungsleiter des Herstellers von ICE-Radreifen werden schuldhafte Versäumnisse bei der Entwicklung und Zulassung gummigefederter ICE-Räder vorgeworfen.

Die Zeitschrift »Spiegel« berichtete einmal davon, dass das Bahnunglück von Eschede möglicherweise auch auf Schlampereien zurückzuführen sei! Lange Zeit gab es in der Presse Berichterstattungen über einen Streit über die Ursache der ICE-Katastrophe. Mittlerweile liegen den Gerichten zahlreiche Fachgutachten über die genaue Unglücksursache vor.

In einem Zeitungsinterview kritisierte der damalige Einsatzleiter vom Eschede-Unglück, Claus Lange, einmal, dass die Bahn eindeutig nichts aus dem Unfall gelernt hätte. Lange: »Würde es heute irgendwo in Deutschland noch mal ein ähnliches Unglück geben, hätten die Rettungskräfte genau die gleichen Probleme wie damals!« Die Bahn hat nach Aussage des Einsatzleiters anscheinend überhaupt kein Krisenmanagement, und das muss uns zu denken geben.

Die bisherigen Ermittlungen über das Zugunglück von Eschede brachten die Deutsche Bahn in eine prekäre Lage. So bezweifelt das Fraunhofer Institut in Darmstadt, dass die im ICE eingesetzten gummigefederten Radreifen ausreichend getestet worden waren, bevor sie zum Einsatz kamen.

Besonders peinlich wurde ein Fund, den die Ermittler laut einer Pressemitteilung im »Spiegel«, im ICE-Betriebswerk München machten:

Eine Arbeitsanweisung vom November 1994 schreibt

anscheinend zwingend vor, dass Radsätze ausgewechselt werden müssen, die als »unruhig laufend« diagnostiziert werden und eine »Unrundheit« von 0,6 Millimeter oder mehr aufweisen. Der später gebrochene Radreifen überschritt diesen Grenzwert in den Tagen vor dem Unglück bei vier routinemäßigen Messungen; in der Nacht vor dem Unglückstag betrug die Unrundheit sogar 1,1 Millimeter. Die Mängel entstanden offenbar, weil sich in dem Rad bereits ein »Ermüdungsbruch« ausbreitete.

Das Gericht muss nun klären, weshalb der Radsatz trotz Dienstanweisung nicht ausgetauscht wurde. Meine persönliche Meinung ist, dass es, wie so oft, um Geld ging! Der Zug musste auf den Weg gebracht werden und ein Ausfall hätte Geld gekostet. Traurig aber wahr ...

Nachstehend noch einige interessante Daten und Fakten zum ICE-Unglück von Eschede:

- Sachschaden des zerstörten ICE: Über 55 Millionen Deutsche Mark
- Einsatzkräfte vor Ort: 1889 Personen
- Eingesetzte Hilfsfahrzeuge: 354
- Eingesetzte Hubschrauber: 39
- Erste Alarmierung: 11:00 Uhr über Notruf bei der Polizei
- Obduktion: An 4 Tischen mit 8 Pathologen und 4 Zahnärzten
- Verletztenbergung: Gegen 12 Uhr waren ca. 20% der Verletzten vom Unglücksort abtransportiert, gegen 13 Uhr waren 70% der Verletzten und 80% der Schwerverletzten abtransportiert. Um 14.22 Uhr konnte der letzte Verletzte aus dem Zug befreit und abtransportiert werden.
- Klinische Verteilung: Es wurden 87 Verletzte auf 23 Kliniken im gesamten Umkreis von über 250 Kilometern verteilt.
- Verletzte Personen: 124, davon 69 Personen schwer verletzt, 19 verletzt und 20 leicht verletzt. Weitere 16 Zugpassagiere blieben unverletzt.

- Ermittlungsbehörde: Staatsanwaltschaft 21318 Lüneburg; ein umfangreicher Untersuchungsbericht vom 19.03.2001 liegt vor.
- Opferanwälte: Kanzlei Dr. Geulen Berlin und zahlreiche andere Fachanwälte in ganz Deutschland
- Unfalltote gesamt: 101 Personen. In den meisten Fällen war die Todesursache ein geschlossenes Schädelhirntrauma mit Polytrauma. Stündlich erhöhte sich die Zahl der Toten. Polizei und Notärzte sortieren die Körperteile und legen sie in nummerierte Leichensäcke. Die Todesursachen lesen sich fürchterlich und machen deutlich, welche Kräfte sich entwickelt haben: schwere Schädelverletzungen, Lungenquetschungen, Leber- und Milzeinrisse und Polytraumata. In acht Fällen kam es zu totalen Körperzerstörungen: Zerteilungen, Abrisse von Gliedmaßen und Aufreißen des Leibes. Dafür zahlte dann die Bahn den Hinterbliebenen das angeblich großzügig bemessene Schmerzensgeld.
- Gezahltes Schmerzensgeld für die Hinterbliebenen: Angeblich großzügig wurde von der Bahn ein Betrag von DM 30.000,-- für jedes Todesopfer gezahlt. Das deutsche Gericht hat höhere Schmerzensgeldbeträge abgelehnt. Für Angehörige ein Schlag ins Gesicht. Was ist ein Menschenleben wert?
- Psychosoziale Betreuung: Bahnpsychologen in Kooperation mit dem Institut für Psychotraumatologie (IPT) der Universität Köln.
- Ansprechpartner für Hinterbliebene und Verletzte: Am 22.06.1998 wurde eine Geschäftsstelle »Eschede-Hilfe« eingerichtet, die von Prof. Dr. Otto Ernst Krasney als neutralem Ansprechpartner geleitet wurde. Hinterbliebene und Verletzte zweifelten immer wieder an der Neutralität von Prof. Krasney! Krasney bemühte sich, ihm waren jedoch Grenzen gesetzt. Meiner Einschätzung nach hätte der Bahnvorstand Krasney mehr Vollmachten geben müssen!
- Spendengelder: Das gesamte Spendenaufkommen belief sich auf DM 803.000,--. Es waren überwiegend Spenden von Einzelpersonen aber auch von Schulklassen,

Tanzlokalen, Musikgruppen. Die größten Einzelspender bildeten zwei Gruppen von Bediensteten der Deutschen Bahn AG und ein bedeutsames Wirtschaftunternehmen. Die Eschede-Hilfe war gebunden, diese Spendengelder unabhängig von der Schadenzahlungspflicht der Bahn in vollem Umfang an die Eschede-Opfer zu verteilen. Bis heute wurde der Interessengemeinschaft der Eschede-Opfer aber kein neutraler Spendenprüfbericht über die Spendenverteilung vorgelegt! Weitere größere Spenden kamen vom Bund und vom Land Niedersachsen, die von dort direkt an Hilfsbedürftige verteilt wurden.

- Trauerfeier: Offizielle Trauerfeier der Bundesrepublik Deutschland am 21. Juni 1998 in der Stadtkirche Celle
- Gedenkstätten: Unfallopfer Udo Bauch erbaute die Lourdeskapelle in Eichenzell und widmete sie den Unfallopfern von Eschede. Eine weitere Gedenkstätte wurde in Eschede am Unglücksort errichtet. Die »Kapelle am Weg« wurde am 11. Mai 2001 eingeweiht. Die Grundidee der offiziellen Gedenkstätte orientiert sich an den Motiven »Weg« und »Gedenkstätte«: In tragischer Weise haben sich an der Kreuzung zwischen Eisenbahnlinie Hannover-Hamburg und der Rebberlaher Straße in Eschede die Wege von einander bislang unbekannten Biografien gekreuzt. Am Fuß der Böschung betritt man einen Kirschgarten. Landschaftstypisch ist eine Ruhezone gestaltet. Der Weg durchschneidet sie und findet am Rande der Bäume sein symbolisches Ende: 101 Kirschbäume verweisen auf 101 getötete Opfer. Ich bedaure persönlich, dass die Eschede-Gedenkstätte den Besuchern keinen christlichen Bezug bietet.
- Kondolenz: Aus der ganzen Welt kondolierten Staatschef sund Politiker der Bundesrepublik zu diesem Unglück. Auch Papst Johannes Paul kondolierte.
- Selbsthilfe Eschede: Durch Heinrich Löwen wurde nach dem Unglück die Interessengemeinschaft der Betroffenen des ICE-Unfalls gegründet. Heinrich Löwen kämpft seither mit Fleiß und vollem Einsatz für die Rechte der unschuldigen Bahnopfer.

In diesem Waggon saß ich am 3. Juni 1998 und war eingeklemmt und schwer verletzt.

Unsagbares Elend brachte das ICE-Unglück über viele Familien.

Als der ICE 884 am 3.6.1998 gegen eine Brücke knallte, war nur noch Schrott und totale Zerstörung übrig.

Als der ICE-Zug entgleiste, schlug er einen Brückenpfeiler weg und brachte die Brücke zum Einsturz.

Als Grundlage für die Schilderungen des Unfallablaufes sowie die Zahlen und Fakten dienten mir zahlreiche Medienberichte (Zeitungen und Fernsehberichte), die nach dem Unglück in der ganzen Welt veröffentlicht wurden. Auch diente mir ein sehr umfangreicher Bericht über das Ergebnis der Ermittlungen der Staatsanwaltschaft Lüneburg als Wissensgrundlage über das Unglücksgeschehen und die daraus resultierenden Folgen. Dieser Bericht wurde mir als Unfallopfer von der Staatsanwaltschaft zur Verfügung gestellt und ich habe ihn mit Interesse gelesen.

Hier ein Zitat aus der Zusammenfassung des staatsanwaltschaftlichen Untersuchungsberichts:

Am 03.06.1998 verunglückte der ICE-Triebzug 151 auf der Fahrt von München nach Hamburg in Eschede. Dabei wurden 101 Menschen getötet und 106 verletzt. Auslöser der Zugentgleisung war der von innen ausgehende Ermüdungsbruch eines Radreifens der Radsatz-Bauart 064 mit einem Laufkreisdurchmesser von 862 mm.

Nach dem von der Staatsanwaltschaft eingeholten Sachverständigengutachten zur Bruchursache ist bei den gummigefederten Rädern dieser Bauart eine ausreichende Betriebsfestigkeit unterhalb eines Durchmessers von ca. 880 mm nicht mehr gewährleistet gewesen.

In der letzten Zeit vor dem Unfall sind an dem betreffenden Rad erhöhte Messwerte bezüglich der so genannten Unrundheit sowie unruhiger Lauf des Drehgestells festgestellt worden. Nach Einschätzung der Gutachter könnten diese Auffälligkeiten im Zusammenhang mit dem sich ausbreitenden Anriss des Reifens gesehen werden. Gleichwohl ist das betreffende Rad im ICE-Betriebswerk München – dort ist der Zug zuletzt gewartet worden – im Rahmen der Instandhaltung nicht ausgewechselt worden.

Für die Interessengemeinschaft der Eschede-Opfer führe ich das Pressearchiv mit vielen Dokumentationen, Fachberichten und Berichten aus der Boulevardpresse. Daher habe ich unzählige Berichte und Dokumentationen über das Unglück gelesen. Viele der Fernsehbeiträge, die von allen namhaften Sendern ausgestrahlt wurden, lagen mir für dieses Buch vor.

Obwohl ich mittlerweile ein umfangreiches Wissen über das folgenschwere Zugunglück habe, konnte ich hier leider trotzdem nur einen relativ kleinen Abriss darüber geben, weil das Buch sonst mehrere hundert Seiten umfassen müsste. Hierfür bitte ich um Verständnis. Ich denke aber, dass meine Schilderungen ausreichen, um sich ein Bild über das Ausmaß des schrecklichen Unglücks machen zu können. Für alle, die dennoch genauere Informationen haben möchten, verweise ich auf folgende ausführliche Dokumentationen über das Unglücksgeschehen, seine Folgen, die Rettungsmaßnahmen und die Versorgung der Toten und Verletzte. Es handelt sich um zwei lesenswerte Fachbücher, die ich den Lesern an dieser Stelle empfehlen möchte:

- *Die Katastrophe von Eschede* – Erfahrungen und Lehren – Eine interdisziplinäre Analyse; Herausgeber: E. Hüls und H.-J. Oestern ISBN 3-540-65807-6 Springer Verlag. Das Buch enthält 78 zum Teil farbige Abbildungen.
- Erich Preuß : *Eschede, 10 Uhr 59 – Geschichte einer Eisenbahn-Katastrophe*; ISBN 3-932785-21-5, GeraMond Verlag GmbH München; auch dieses Fachbuch enthält zahlreiche Abbildungen.

Am 21. Juni 1998 fand in der Stadtkirche unter großer Anteilnahme von Politikern und der Öffentlichkeit eine zentrale Trauerfeier für die Opfer der Zugkatastrophe von Eschede statt.

Ich möchte nachstehend die Rede von Bundespräsident Roman Herzog anlässlich der Trauerfeier wiedergeben:

Meine Damen und Herren,

am Vormittag des 3. Juni 1998 hat unser Land einen Schock erlitten. Das große Zugunglück, die Katastrophe von Eschede, hat in kürzester Zeit unser ganzes Volk in Trauer, Entsetzen und Mitgefühl vereint. Mehr als zwei Wochen sind seitdem vergangen, aber wir merken gerade in dieser Stunde, wie tief der Schock sitzt und wie wenig der Schmerz abnehmen will.

Mein erster Gedanke gehörte an jenem Tag und gehört noch heute den Opfern – den Toten und denen, die so schwer verletzt sind, dass sie möglicherweise für ihr ganzes Leben daran tragen müssen. In Sekundenbruchteilen sind 100 Leben zerstört worden. 100 Biografien sind mit einem Schlag abgerissen. Jede Lebensgeschichte war einmalig.
Der Weg und die Reise sind uralte Gleichnisse für das menschliche Leben. Vielleicht sind wir gerade deswegen so betroffen, weil der Tod die Opfer unterwegs getroffen hat, vielleicht im Aufbruch zu einem neuen Lebensabschnitt oder auf der Fahrt nach Hause. Sie waren unterwegs, hatten Pläne, Hoffnungen, Ziele. Sie sind von Menschen verabschiedet worden und wurden wiederum von Menschen erwartet.

Damit bin ich bei meinem zweiten Gedanken, der den Angehörigen und Freunden der Toten gilt. Sie haben in den letzten Tagen und Wochen erlebt, wie alle Bürger unseres Landes an Ihrem Schmerz Anteil genommen haben. Vielleicht sind Sie dadurch ein wenig getröstet worden in Ihrem Leid.
Die Solidarität, das buchstäbliche Mitleiden sind hohe Werte. In den letzten Tagen haben wir erfahren, dass diese Werte auch heute noch Bestand haben. Dennoch bleibt für jeden, der trauert, ein Schmerz, der unteilbar ist und den ihm niemand abnehmen kann. Jeder plötzliche Unfalltod, ob er, wie alltäglich, auf unseren Straßen geschieht – woran wir uns viel zu sehr gewöhnt haben – oder ob er mit unerhörter Wucht auf einmal eine große Zahl von Opfern trifft, erscheint uns dem Leben gegenüber besonders unangemessen. Es ist ja doch etwas anderes, ob wir einen kranken Verwandten oder einen todgeweihten Freund im Sterben begleiten müssen, oder ob uns ein vertrautes Leben so plötzlich und scheinbar sinnlos entrissen wird.
Ich wünsche Ihnen, den Angehörigen und Freunden, von

ganzem Herzen, dass Sie die Wege finden, um mit diesem Verlust leben zu können.

Mein dritter Gedanke gilt heute den vielen hundert Helfern, die an Ort und Stelle dem Schrecken ins Auge geblickt haben. Ich denke an die Polizisten, die Feuerwehrleute, die Ärzte, Sanitäter und Pfleger, die Männer des THW, an die deutschen und ausländischen Soldaten, die in der Stunde des Schocks unendlich mehr als ihre Pflicht getan haben.

Ich denke aber auch an die vielen Bürgerinnen und Bürger, vor allem aus Eschede und der Region, die in der Sunde der größten Not spontan, ganz ohne Auftrag, der Stimme ihres Herzen gefolgt sind. Sie haben geholfen, wo immer es ging, sie haben wie selbstverständlich Verletzte aufgenommen, unter Schock Stehende getröstet, Tote geborgen, Blut gespendet. Sie haben ihre ganze Kraft eingesetzt, vorbehaltlos geholfen, ihre Häuser geöffnet. Ihnen verdanken wir es, dass Eschede für uns alle nicht nur ein Ort des Schreckens, sondern auch ein Ort der Menschlichkeit geworden ist.

Alle Helfer, ob sie in Ausübung ihres Berufes oder als Freiwillige gehandelt haben, haben Bilder und Szenen gesehen, die sie ihr Leben lang nicht mehr vergessen werden. Im Namen aller Bürger danke ich Ihnen für Ihren vorbildlichen Einsatz und wünsche Ihnen allen, dass Sie mit den erlittenen seelischen Schocks leben können. Ein ganz besonderer Dank gilt allen Frauen und Männern, die in diesen Stunden als Seelsorger den Helfern selbst zu Helfern geworden sind. In diesem Zusammenhang muss ich, gerade weil das nicht mehr selbstverständlich ist, auch den Medien danken, die in ihrer Berichterstattung mit selten gewordener Disziplin die Würde der so schrecklich ums Leben Gekommenen gewahrt haben. Allein die Helfer vor Ort wissen, welche Bilder uns erspart geblieben sind.

Mein vierter und letzter Gedanke geht an uns alle, die wir ohnmächtige Zeugen dieses katastrophalen Unfalls waren. Zwar nehmen wir, ich habe es angedeutet, täglich die Nachrichten von Verkehrsunfällen auf. Aber in diesem Fall sind wir besonders erschüttert.

Gerade weil hier – soweit wir wissen – »nur« ein winziges technisches Detail versagt hat und wir wohl keine subjektive menschliche Schuld festmachen können, haben wir die Katastrophe von Eschede als einen modernen Alptraum erlebt. Dazu kommt, dass es ausgerechnet ein Zug war, also ein Verkehrsmittel, in dem wir uns gewöhnlich am sichersten fühlen. Obwohl wir alle im Grunde um unsere Endlichkeit wissen, obwohl wir alle wissen, dass uns der Tod an jedem Ort und zu jeder Zeit einholen kann, verdrängen wir genau dieses Wissen.

Die moderne Technik gibt uns viel Lebenserleichterung und sie gibt uns viel Lebenssicherheit. Aber wie jede menschliche Hervorbringung wird die Technik niemals unfehlbar sein. Wer sie nutzt, muss auch mit ihren Risiken rechnen. Täglich benutzen wir Autos, Züge oder Flugzeuge und vergessen allzu oft – auch ich –, dass wir eigentlich für jede glückliche Landung, für jede glückliche Ankunft dankbar sein müssten. Seit den Zeiten des griechischen Dichters Homer heißen die Menschen »die Sterblichen«.

Es sind Katastrophen wie die von Eschede, die uns daran erinnern, dass wir diesem Schicksal nicht entrinnen können: Wir sind die Sterblichen, die an jedem Ort und zu jeder Zeit mitten im Leben vom Tode begleitet sind.
So gedenkt unser Land heute der Opfer, so teilen wir heute die Trauer der Angehörigen und hoffen uns alle in Gottes Hand.

Das Unglück von Eschede war – wie der Bundespräsident richtig sagte – bestimmt sinnlos. Es war aber nicht nur sinnlos, sondern es wäre auch vermeidbar gewesen.

Insofern glaube ich schon, dass ein Schuldiger für dieses Unglück ermittelt werden muss und dass Fehler bei der Deutschen Bahn AG gemacht worden sind. Es ist nun mehrfach bekannt, dass Wartungsfehler bei der Bahn gemacht wurden und dass die Mängel am Unglückszug bekannt waren und dennoch nicht gehandelt wurde. Das ist das Traurige an dem Unglück, und der Bahnvorstand hat es bis heute nicht für nötig gehalten, sich bei allen Eschede-

Opfern und Hinterbliebenen persönlich zu entschuldigen! Sicherlich war die Anteilnahme und Hilfe aus der Politik und der Öffentlichkeit lobenswert und mitfühlend. Heute aber wird von der Bahn und auch von den Politikern den Sorgen und Nöten der vielen Eschede-Opfer nicht mehr die Aufmerksamkeit geschenkt, die immer noch notwendig wäre. Denn auch nach fast fünf Jahren seit der Katastrophe haben die Eschede-Opfer noch massiv mit der Bewältigung des Unglücks zu kämpfen. Dies trifft auch für viele Helfer zu.

Wie der 3. Juni mein Leben veränderte

Am Unglückstag, dem 3. Juni 1998, musste ich aus beruflichen Gründen nach Hamburg zu einer Tagung reisen. Da im Unternehmen ein Sparplan umgesetzt wurde, musste ich die Reise von Fulda nach Hamburg mit dem Zug antreten, was ich auch zuvor schon viele Male getan hatte. Ich bin bis zu diesem Tage eigentlich mit Begeisterung mit dem Zug gereist und empfand die Fahrten mit dem Hochgeschwindigkeitszug immer als bequem und sicher. Auch heute bin ich noch in der Lage in einen Zug – auch in einen ICE – zu steigen, weil ich hoffe, dass die Bahn aus ihren Fehlern gelernt hat und ein vergleichbarer Unfall dieser Größenordnung nicht wieder passieren wird.

An diesem Tag brachte mich meine geliebte Monika nach Fulda an den Bahnsteig, was eigentlich nicht die Regel war. Diese Situation war aber gut so, wie sich später noch herausstellte, weil Monika am Bahnsteig an der Anzeigetafel »Wilhelm Conrad Röntgen«, den Namen des Zuges gelesen hatte, in den ich gestiegen war. Wir verabschiedeten uns mit einem Kuss und keiner von uns ahnte, dass wir uns erst auf der Intensivstation eines Krankenhauses in Hannover wieder sehen würden.

Im Zug angekommen suchte ich mir ein ruhiges Plätzchen in einem Einzelabteil, weil ich mich noch auf die Tagung in Hamburg vorbereiten wollte. Schon kurz nach der Abfahrt öffnete ich meinen Laptop und fing an zu arbeiten. Ich studierte Zahlen und überarbeitete meinen Rechenschaftsbericht. Zwischendurch habe ich ein wenig gelesen und einen Kaffee getrunken.

Plötzlich gab es einen so lauten und starken Knall, wie ich ihn zuvor noch nie in meinem Leben gehört hatte. Ich wurde vom Sitz gerissen und im Zugabteil umher geschleudert. Von oben nach unten und von links nach rechts. Irgendwann bin ich voller Schmerzen am Boden eingeklemmt liegen geblieben und jetzt wusste ich, dass etwas Schreckliches passiert sein musste. Ich dachte automatisch an einen Zusammenstoß von zwei Zügen. In den schrecklichen Minuten, in denen ich eingeklemmt da lag, fragte ich mich, ob ich jetzt sterben müsse, und es ging mir ein Film durch den Kopf, wie man es aus Berichten von Todeskämpfen und Nahtoderfahrungen kennt. Ich dachte an meine Familie, an die Eltern, die Kinder, an meine Frau und an meine Jugendzeit. Alles spulte sich in Sekundenschnelle im Kopf ab. Ich dachte nur, entweder ich sterbe jetzt gleich oder ich komme hier irgendwie heraus.

Glücklicherweise war das Letztere der Fall: »Hallo ist da jemand?«, hörte ich eine Stimme rufen und sofort antwortete ich: »Hallo, ich bin hier – Sie helfen mir doch? Bitte!«. »Mein Name ist Udo Bauch«, soll ich gesagt haben und flehend noch einmal gefragt haben: »Sie helfen mir doch?«.

Die Stimme, die ich gehört hatte, kam von Andreas Effinghausen, einem Polizisten, der als einer der ersten Personen am Unglücksort in Eschede war und sofort Rettungsmaßnahmen einleitete. Mit Andreas verbindet mich heute ein ganz besonderes Verhältnis. Wir sind gute Freunde geworden, treffen uns regelmäßig und führen lange Gespräche.

Andreas, seinem schnellen Handeln und seiner guten Hilfe habe ich meine rasche Rettung zu verdanken und schließlich auch mein Leben, was ich dankbar als »zweites Leben« annehme. Andreas Effinghausen ist durch den Zugkanal zu mir vorgedrungen, also durch den Schacht unter dem eigentlichen Boden des Zuginneren, in dem die elektrischen Kabel und Leitungen verlegt sind. Auf diesem Weg hat er Kontakt mit mir aufgenommen und schnell die Rettungskräfte zu mir geschickt. In einer Zeitspanne von unter einer Stunde nach der Zugentgleisung wurde ich geborgen. Wie die Rettung im Einzelnen geschah und wie ich medizinisch erstversorgt wurde, kenne ich nur aus Erzählungen, weil ich noch an der Unglücksstelle in ein künstliches Koma versetzt wurde. Vorher hatte ich noch starke Schmerzmittel bekommen, was einen Atemstillstand bei mir auslöste. So habe ich auch vom Abtransport und dem Hubschrauberflug von Eschede nach Hannover nichts mitbekommen. Ich hatte früher immer den Wunsch, mal mit einem Hubschrauber zu fliegen. Dass sich dies einmal unter solch tragischen Umständen verwirklichen würde, hätte ich im Traum nicht gedacht.

Auf Wunsch eines vor Ort eingesetzten Arztes wurde ich in die Medizinische Hochschule nach Hannover geflogen, was sich später als glücklich und medizinisch sinnvoll herausstellte. Mit meinen sehr schweren Verletzungen war ich in der Fachklinik bestens betreut und zu dieser Zeit tagte dort ein Stab von anerkannten Medizinern, die dem dortigen Ärzteteam beratend zur Seite standen.

Zunächst wurde ich mit schweren Brüchen, die erkannt wurden, auf eine Normalstation eingeliefert. Die vorhandene schwere Hirnblutung wurde bei der ersten Diagnose noch nicht festgestellt.

Erst als mir ein Arzt auf der Normalstation rein routinemäßig noch einmal die Augen ableuchtete, wurde die Hirnblutung erkannt.

Die Folge war die sofortige Verlegung auf die Intensivstation und eine umgehend eingeleitete Notoperation noch am selben Tag. Hätte man die Hirnblutung eine halbe Stunde später erkannt, so wäre ich wahrscheinlich gestorben – verblutet, wie man mir später berichtete. Also neben der schnellen Rettung ein weiteres Mal Glück im Unglück. Auch später hatte ich noch manchmal Glück, was mir geholfen hat, meinen schweren Weg zurück ins Leben zu gehen.

Ich war in Hannover bestens versorgt und betreut. Was wusste aber meine Frau? Ihr kam es schon etwas komisch vor, dass ich mich nicht wie gewohnt bei der Ankunft in Hamburg kurz telefonisch gemeldet hatte. Das hätte planmäßig so gegen 12 Uhr Mittag sein müssen. Zu diesem Zeitpunkt lag ich aber schon in der Medizinischen Hochschule in Hannover und ein Anruf war für mich nicht möglich.

Monika dachte sich weiter nichts dabei und verbrachte

ihren Tag mit den Kindern eigentlich wie gewohnt. Nach dem Mittagessen war sie mit den Kindern im Stall und als sie am Nachmittag zurückkam, wurde sie von einer Nachbarin, Maria Retter, darauf angesprochen, ob sie etwas von dem Zugunglück von Eschede gehört hatte.

Wir hatten am Vorabend noch bei der Familie Retter einen Geburtstag gefeiert und es war bekannt, dass ich am nächsten Morgen mit dem Zug nach Hamburg reisen würde. Innerlich beunruhigt ging Monika in unsere Wohnung und schaltete den Fernseher ein. Der Atem stockte ihr, als sie den Namen des Unglückszuges vernahm, den sie ja kannte, weil sie mich an diesem 3. Juni 1998 an den Bahnsteig gebracht hatte!

Fortan war ihr klar, dass ihr Mann in diesem Zug gewesen sein musste – entweder war er schwer verletzt oder tot. Monika und die Kinder verfolgten die laufenden Nachrichten und hofften stets, mich irgendwo im Fernsehen zu sehen. Vergebens. Die Anzahl der Toten, die sich stündlich erhöhte, beunruhigte sie immer mehr. Sie hatten Weinkrämpfe, insbesondere unser Sohn Patrick, die Unsicherheit, wie es mir ging und wo ich war, machte Monika und die Kinder mürb. Die damals vierjährige Tochter Kristina hatte die Situation noch nicht richtig verstanden, anders aber Patrick. Er weinte und schrie in der Nacht. Mit seinen damals acht Jahren verstand er schon, was geschehen war, und hatte natürlich Angst, dass auch sein Vater unter den Toten war. Diese Angst war für ein Kind in seinem Alter kaum zu verkraften!

Meine Frau telefonierte dann nach und nach die Servicenummern der Deutschen Bahn ab, die im Fernsehen eingeblendet waren. Die Hotlines waren total überlastet und erst nach einigen Anläufen war es ihr möglich, mich als Zugpassagier als vermisst zu melden. Monika erkundigte sich bei meinem Arbeitgeber, ob ich in Hamburg angekommen war und als dies verneint wurde, hatte sie die schreckliche Gewissheit, dass mir etwas Schlimmes passiert sein musste.

Es folgten schreckliche Stunden der Ungewissheit, des

Hoffens und Bangens. Zu schlafen war auf Grund der vielen Gedanken und der Ängste um mich unmöglich.

Getrieben von einer inneren Stimme entschloss sich Monika am Morgen des 4. Juni, nach Eschede zu fahren und vor Ort nach mir zu suchen. Alleine wäre sie nervlich nicht in der Lage dazu gewesen, deshalb bat sie einen befreundeten Arzt um Begleitung, der sich auch spontan dazu bereit erklärte. Fortan war dann unser Freund Eddie Müller eine gute Stütze und fachliche Begleitung für meine Frau, die verständlicherweise nervlich am Boden zerstört war.

Um meine Eltern und Schwiegereltern zu schonen, hatte Monika sie zunächst nicht verständigt. Doch auch meine Eltern erfuhren aus den Medien vom Zugunglück und wussten, dass ich an diesem Tag nach Hamburg unterwegs war. Da sie sich Sorgen machten, versuchten sie meine Frau in Eichenzell anzurufen.

Monika hatte vor ihrer Fahrt nach Eschede, wo sie mich suchen wollte, das Telefon zu Maria Retter gegeben, die sich gemeinsam mit Ulla Wagner rührend um unsere Kinder kümmerte. So erhielten meine Eltern als Gesprächspartner Maria am Telefon, die ihnen erzählte, dass Monika mit Edward Müller nach Eschede gereist war. Kurzerhand entschlossen sich meine Eltern nach Eichenzell zu fahren, um sich um ihre Enkelkinder zu kümmern. Da die Eltern zur Fahrt zu aufgeregt waren, wurden sie von meinem Bruder und dessen damaliger Freundin begleitet.

In Eschede angekommen, hatten Monika und Eddie zunächst mit dem Handy fast 15 Kliniken und Krankenhäuser abtelefoniert, um mich zu suchen. Die Betreuungsorganisation der Deutschen Bahn AG für die Angehörigen der Unfallopfer war in Eschede schlecht geregelt. Die Bahn war zwar bemüht, mit der Situation aber schlichtweg überfordert! In zwei Kliniken, darunter die in Hannover, war zunächst besetzt. Als eine Verbindung nach Hannover in die Medizinische Hochschule aufgebaut werden konnte, erhielt Monika die hoffnungsvolle Auskunft, dass ein unbekannter ca. 30-jähriger Mann mit blauen Strümpfen und schmalem

Ehering mit Inschrift Monika eingeliefert worden sei. Mit diesem Hoffnungsschimmer fuhr sie nun nach Hannover. In der Klinik angekommen, mussten erst organisatorische Fragen geklärt werden und meine Frau wurde durch die Kriminalpolizei befragt, ehe sie zu mir durchgelassen wurde. Man sagte ihr auch, dass man bereits eine Frau mit dem Namen Monika zu mir geführt hatte, ich aber nicht der richtige Mann gewesen sei. Da wurde es meiner Frau ganz heiß ums Herz und sie bekam neue Hoffnung.

Als sie endlich zu mir vorgelassen wurde und mich zunächst nur durch eine Fensterscheibe sehen konnte, erkannte sie mich, wie sie später erzählte, an der Form meines Brustkorbes. Zu diesem Zeitpunkt war sie sich sicher, dass jetzt alles wieder gut werden würde. Meine Eltern, die sich auf dem Weg nach Eichenzell befanden, wurden sofort verständigt. Nachdem der erlösende Anruf kam, dass ich lebe, hatten meine Eltern das Fahrzeug zuerst einmal gestoppt und waren sich mit meinem Bruder in die Arme gefallen.

Monika wurde unterdessen in Hannover von den Ärzten über meinen Gesundheitszustand und die schlimmen Verletzungen aufgeklärt. Eddie Müller konnte meiner Frau die Einzelheiten als Arzt verständlich erklären und erwies sich nicht nur als aufrichtiger Freund, sondern auch als fachliche Hilfe. Nachdem der große Schock des Wiedersehens sich etwas gelegt hatte und die Hoffnung auf eine vollständige Genesung im Vordergrund stand, fuhr meine Frau am Abend des 4. Juni – mit dem Zug – wieder von Hannover nach Fulda, wo bereits meine Eltern, mein Bruder, Patricia und unsere Kinder sehnsüchtig und voller Fragen auf sie warteten. Herzliche Umarmungen und viele Tränen begleiteten die Begrüßung.

Am nächsten Tag fuhren dann Monika, meine Eltern, Frank und Patricia mit dem PKW das erste Mal zu mir nach Hannover. Für alle und ganz besonders für meine Mutter war es ein schrecklicher Anblick, mich dort liegen zu sehen. Ich war an zahlreiche Schläuche angeschlossen, verbunden und auf Grund des künstlichen Komas nicht ansprechbar.

Vom 6. Juni bis 30. Juni fuhr meine liebe Monika jeden Tag mit dem ICE von Eichenzell zu mir nach Hannover, um mir die Hände zu streicheln und einfach bei mir zu sein. Häufig kamen auch meine lieben Eltern. Man muss sich das vorstellen, Ehemann bzw. Sohn verunglückt lebensgefährlich mit dem ICE und man hat den Mut, trotzdem mit dem ICE zu ihm zu fahren, und das fast vier Wochen lang. Eine beachtliche Leistung, die beweist, wie viel Kraft und Mut der Mensch in Extremsituationen entwickeln kann.

Für meine Angehörigen war dies eine Zeit zwischen Hoffen und Bangen, denn ich war ganze vier Wochen von den Ärzten nie richtig als außer Lebensgefahr erklärt worden.

Seit dem Unfall muss Udo Bauch mit einem Spezialfahrrad täglich trainieren.

Die medizinische Versorgung

Durch das Zugunglück wurde ich zwei Mal lebensgefährlich verletzt und erlitt folgende Verletzungen:

- Schädelhirntrauma 3. Grades
- Rechtsseitige Hirnblutung mit linksseitiger Teillähmung (Hemiparese)
- Doppelter Schädelbruch
- Vierfacher Kieferbruch
- Riss- und Quetschwunden 2. Grades
- Oberschenkelfraktur links
- Schienbeingelenkskopfbruch links

Kurzgesagt: Polytrauma

Sowohl die Hirnblutung als auch der stark einblutende Oberschenkelbruch stellten Lebensgefahr dar.

Die Akutversorgung in der Medizinischen Hochschule Hannover war hoch qualifiziert, fachlich und menschlich herausragend. Dem netten Ärzte- und Pflegepersonal möchte ich meinen herzlichsten Dank für die hervorragende Versorgung aussprechen. Ein Jahr später bin ich mit einem Fernsehteam der Sendung »Blitz« von Sat. 1 nach Hannover gefahren, um mich bei einigen Ärzten und dem Pflegepersonal persönlich zu bedanken und auch um zu sehen, in welchem Raum ich fast einen Monat lang an Schläuche und Maschinen angeschlossen in einem Intensivbett gelegen hatte.

In den 17 Tagen des künstlichen Komas musste ich fünf schwere Operationen durchstehen. Das bedeutete immer wieder Höhen und Tiefen und konfrontierte meine Familie täglich mit neuen Nachrichten. Dankbar nahmen sie aber jede kleine Besserung zur Kenntnis und hielten daran ihre

Hoffnung aufrecht. Während meine Frau und meine Eltern an meinem Krankenbett Wache hielten, beteten meine Schwiegereltern, viele Familienangehörige und Freunde für mich und für meine Genesung. Zahlreiche Messen wurden für mich gehalten und die Genesungspost, die meine Frau und später mich selbst erreichte, wollte kein Ende nehmen. Als meine Frau abends immer wieder bei den Kindern in Eichenzell war, um ihnen über mich zu berichten, erhielt sie bis spät abends Telefonate, von Menschen, die um mich besorgt waren. Diese tröstenden Anrufe haben meiner Frau gut getan und gaben ihr Kraft und Hilfe. Die Nachbarschaft und der Freundeskreis waren in dieser Zeit so hilfreich, dass wir auch zehn Kinder hätten haben können und diese wären trotzdem gut versorgt gewesen. Viele liebe Menschen wollten in auf vielfältige Weise helfen und Beistand in dieser schwierigen Zeit leisten.

Nach 17 Tagen künstlichem Koma fuhr man die Sedierung zurück und ich wurde langsam wieder wach. Ich habe die Anwesenheit von Monika, meinen Eltern, meinem Bruder, meinem Lebensretter, einem lieben Pfarrer und von Eddie Müller wahrgenommen. Auch die verschiedenen Ärzte und die freundlichen Schwestern nahm ich wahr – ob bei Bewusstsein oder im Unterbewusstsein, kann ich nicht genau sagen. Ganz besonders erinnere ich mich an Schwester Inge, die ich im Halbschlaf und in der Aufwachphase immer mit meiner Großcousine Inge Fischer in Verbindung brachte. Irgendwie war damals der Name Inge automatisch meine Verwandte Inge.

Schwester Inge war die erste Person, die mich aufklärte, was passiert war und nach und nach kam die Erinnerung für mich zurück. Zu dieser Zeit konnte ich noch nicht sprechen, weil ich noch künstlich beatmet wurde. Deshalb konnte ich mich nur durch Gesten und Nicken verständigen. Schwester Inge war sehr liebenswürdig zu mir und erzählte mir viel über mich, meinen Gesundheitszustand und die Folgen des schweren Unfalls. Auch die Ärzte klärten mich nach und nach über die Geschehnisse, meine Rettung und über die medizinische Versorgung auf.

Als ich einigermaßen wach war, wurde ich über die sechste anstehende Operation informiert. Eine Schädelplatte sollte mir wieder eingesetzt werden, die bei der Notoperation am 3. Juni zur Stillung der Hirnblutung entnommen und eingefroren worden war und nun wieder eingesetzt werden sollte, nachdem mein Gehirn wieder abgeschwollen war.

Ich hatte große Angst vor dieser Operation. Man muss dazu sagen, dass ich schon als Kind und als Jugendlicher immer Angst hatte, einmal operiert werden zu müssen. Schon der bloße Gedanke an eine harmlose Blinddarmoperation machte mir Angst. Dass ich einmal so eine schwere Operation über mich würde ergehen lassen müssen, hätte ich nie gedacht.

Die Operation ging für mich dann aber sehr schnell vorüber, ich habe nichts mitbekommen. Als ich aus dem Operationssaal gefahren wurde, dachte ich immer, ich müsse erst noch operiert werden und war dann froh und glücklich, dass der Eingriff schon vorüber war.

Nach und nach begriff ich, was mit meinem Körper los war und dass ich meine linke Seite nicht richtig bewegen konnte. Ich hatte wieder Angst. Diese Angst begleitete mich damals immer. In diesen Situationen klammerte ich mich wieder an den Glauben und betete.

Obwohl ich medizinisch und menschlich in Hannover optimal versorgt wurde, empfand ich die Zeit auf der Intensivstation als schrecklich. Um fünf Uhr morgens ging es mit einer speziellen Zahnpflege los, die wegen meines Kieferbruches nötig war. Nur zwei Stunden später musste ich trotzdem das normale Zähneputzen mitmachen. Wieder etwas später wurde ich rasiert oder ich sollte mich selber rasieren, was ich als lästig empfand. Ich wollte mit der Rasur gerne immer warten, bis Monika es mir abnahm. Aber zur Mobilisierung sollte ich es immer selbst machen. Dann wurde ich gewaschen und irgendwelche Anwendungen wurden an mir gemacht. Heute verstehe ich, dass all das Teil der umfassenden Therapie war. Damals aber empfand ich die nötigen Maßnahmen als sehr quälend.

Die Anwesenheit meiner Frau und meiner Eltern beruhigte mich. Besonders das Streicheln meiner Hände durch meinen Vater ist mir bis heute in guter Erinnerung geblieben. Er baute mich mit lieben Worten immer wieder auf. Meine Monika gab mir Wärme und Zuneigung. Meine Mutter tat mir Leid, weil ich wusste, wie sie litt, ihren Sohn so hilflos liegen zu sehen. Trotz ihrer eigenen Krankheit, die sie zu dieser Zeit hatte, war meine Genesung für sie das Wichtigste und sie wollte so viel bei mir sein, wie es ihr möglich war. Eigene Therapien hat sie verschoben und zurückgestellt. Über die Unterstützung von Familie und Freunden werde ich in einem eigenen Kapitel dieses Buches noch einmal berichten.

Ich wurde von Tag zu Tag wacher und machte zusehends Fortschritte. Um mich zu äußern und meinen Ängsten Ausdruck zu verleihen fing ich an zu schreiben oder besser gesagt zu kritzeln. Überglücklich war ich, als der Beatmungsschlauch gezogen wurde und ich wieder sprechen konnte – wenn dieses Sprechen auch nicht damit zu vergleichen war, wie ich es vor dem Unfall gewöhnt war. Aber es war ein großer Erfolg für mich und für meine Mutter am 26. Juni 1998 ein schönes Geburtstagsgeschenk.

Am 30. Geburtstag von Monika wiederum wurde ich aus der Medizinischen Hochschule Hannover entlassen. Eigentlich hatten wir vorgehabt, diesen Tag groß zu feiern. Immerhin war ich aber wieder in der Lage ihr überhaupt zu ihrem Geburtstag zu gratulieren und sie zu küssen. Meinen Vater hatte ich beauftragt, ein Geschenk zu besorgen, das ich ihr dann auch am Krankenbett mit meiner noch gesunden rechten Hand überreichen konnte. Das waren Gefühle der Freude und des Glücks. Wenn man auch am 30. Juni nicht von Entlassung reden konnte, sondern eigentlich nur von der Verlegung in eine Rehabilitationsklinik, war die Tatsache, dass ich die Intensivstation verlassen durfte, doch das schönste Geburtstagsgeschenk für Monika. Und auch ich wurde bescheidener und war mit jedem kleinen Fortschritt zufrieden und glücklich.

Mit dem Krankenwagen wurde ich in die Neurologische

Rehaklinik nach Hessisch-Oldendorf in Niedersachsen gebracht. Die Fahrt dorthin habe ich in schrecklicher Erinnerung. Nur gut, dass mich mein Vater auf der holprigen und für mich lauten Fahrt dorthin begleitete. Ich bezeichnete die Fahrt damals als Panzerfahrt!

Nun begann für mich eine sehr schwierige Zeit, die acht Wochen dauern sollte. In dieser Zeit der Reha musste ich starke Schmerzen durchstehen und anstrengende Therapien absolvieren. Als ich in der Klinik eingeliefert wurde, musste ich zunächst intensiv untersucht werden. Das Personal dort wirkte auf mich freundlich und zuwendungsvoll. Ich konnte weder laufen, noch mich richtig bewegen oder essen, wie ich es gewohnt war. Die Ernährung bestand für mich in den ersten Tagen aus Schonkost. Fast täglich gab es dort Leberwurstbrote, die mir sprichwörtlich zum Hals heraushingen – einmal musste ich mich danach übergeben. Erst als Monika sich beschwerte, gab es etwas Abwechslung auf der Speisekarte.

Ein Rollstuhl, ein älteres Modell des Liegerollstuhles, wurde mir gebracht, und es war für mich besonders schlimm, das erste Mal in einem Rollstuhl zu sitzen und mich durch meine linksseitige Lähmung darin nicht einmal selbst bewegen zu können. Um ins Bett zu kommen, musste ich mit einem Krankenlifter angehoben werden. Diese Prozedur musste ich mehrmals täglich über mich ergehen lassen. Schrecklich und schmerzhaft zugleich, wenn ich daran dachte, dass ich vor über vier Wochen noch topgesund am Fuldaer Bahnhof stand. Seelisch und psychisch war ich damals mehr als niedergeschlagen. Nur die Unterstützung und der Halt meiner Familie gaben mir Kraft und ein wenig Lebensmut. Um mich herum waren nur Kranke und Behinderte und ich war nun einer von ihnen.

Mittlerweile nahm ich auch meine starken Schmerzen bewusst wahr und die Ärzte schafften es lange Zeit nicht, mir ein geeignetes und wirkendes Schmerzmittel zu geben. Ich musste täglich bis zu zehn Tabletten schlucken und wusste gar nicht, welche Tablette ich für was einnehmen musste.

Meine Frau klärte mich langsam auf. Schlafen konnte ich in den ersten Tagen so gut wie überhaupt nicht und die verordneten Schlafmittel wirkten auch nicht richtig. Oft war mir heiß und kalt zugleich.

Ab 6 Uhr morgens war ohnehin die Nacht vorbei. Ich wurde gewaschen, zum Frühstück gefahren und um 8 Uhr begannen die anstrengenden Therapien, die aber notwendig waren, um wieder auf die Beine zu kommen. Mein größter Wunsch war, wieder laufen zu können und ich fragte fast jeden Tag bei den Therapeuten nach, wann denn das Lauftraining losgehe. Aber leider ging es nicht so schnell, und ich musste mich zunächst tagelang mit Krankengymnastik, Massagen und kognitivem Training herumquälen. Am schlimmsten war für mich immer die Krankengymnastikstunde am frühen Morgen, in der mein Knie massiv gestreckt wurde. Ich musste die Zähne zusammen beißen. Vor diesem Termin hatte ich immer schreckliche Ängste und doch überstand ich es jedes Mal wieder. Ich lernte aber auch begreifen, dass diese Therapien die Voraussetzung dafür waren, wieder laufen zu lernen. Von 8 Uhr morgens bis 16 Uhr hatte ich täglich mehrere Anwendungen und Untersuchungen. In diesem Tagesablauf gab es nur wenige Pausen und ich fühlte mich bald ausgepowert. Ein Lichtblick in diesem tristen Dasein war die Anwesenheit meiner Frau, meiner Kinder und zeitweise meiner Eltern und anderer Besucher aus dem Familien- und Freundeskreis.

Monika war mit den Kindern mittlerweile in ein Hotel in Hessisch-Oldendorf eingezogen und verbrachte dort zwangsläufig die ganzen Sommerferien. Das Hotel war sehr einfach und ließ keine Urlaubsatmosphäre aufkommen. Ab ca. 16 Uhr durften mich Monika und meine Kinder besuchen. Ich freute mich immer schon den ganzen Tag darauf, meine Lieben zu sehen.

Patrick und Kristina war es während der ganzen Zeit meines Aufenthaltes auf der Intensivstation nicht erlaubt, mich zu sehen. Deshalb war der Tag meiner Verlegung am 30. Juni 98 auch der erste Tag, an dem mich meine Kinder besuchen durften. Bei den beiden und bei mir war die Spannung auf dieses Wiedersehen und die Freude natürlich sehr groß. Sicherlich hatten die Kinder zuerst gewisse Berührungsängste, aber im Laufe der Zeit verflüchtigte sich dies. Sie akzeptierten die Situation und Monika half ihnen, die Ängste und Scheu schnell zu überwinden.

Ich war traurig darüber, im Rollstuhl zu sein und manchmal von den eigenen Kindern geschoben werden zu müssen. Es ging aber nicht anders und alle Beteiligten versuchten, das Beste aus der Situation zu machen. Wir sind dann fast täglich in ein Café gegangen und verbrachten so zwei bis drei Stunden miteinander, bis ich von den Anstrengungen des Tages todmüde war und freiwillig ins Bett wollte. Monika massierte mir dann immer liebevoll die Füße und Beine, und dabei bin ich immer so schön eingeschlafen. Wenn mein Vater da war, verstand er es auch, mich liebevoll zu massieren.

Monika brachte mir die Genesungspost ans Krankenbett und wir unterhielten uns viel über den Unfall und die Situation. Ich war wissenshungrig nach allen Einzelheiten und nach allen Neuigkeiten, die mit dem Unfall in Verbindung standen. In den ersten Tagen und auch noch lange Zeit musste ich viel weinen, was sich aber später besserte. Zunehmend konnte ich auch besser über den Unfall und meine Behinderung sprechen. Es stand ziemlich bald fest, dass die schweren Verletzungen eine bleibende Behinderung zurücklassen würden. Weiterhin quälte mich der Gedanke, wann ich wieder würde laufen können, und ich war überglücklich, als die ersten, wenn auch mühsamen Gehversuche am Barren an der Tagesordnung waren.

Nach etwa fünf Wochen gaben die Ärzte auf unser Nachfragen das Signal, dass ich übers Wochenende zum ersten Mal nach Hause durfte. Wir freuten uns sehr darüber und meine Spannung nach dieser langen Zeit der Klinikaufenthalte war entsprechend groß. Laufen konnte ich zu dieser Zeit noch nicht und mich plagten noch immer starke Schmerzen. Besonders das linke Bein tat schrecklich weh.

Es fiel mir schwer, seit vielen Jahren auf einer längeren Strecke zum ersten Mal Beifahrer zu sein und nicht selbst am Steuer sitzen zu können. Früher war stets ich es, der die großen Strecken fuhr. Aber Monika meisterte diese Aufgabe jetzt bestens.

In Eichenzell angekommen, wurde ich von einigen Nachbarn herzlich und voller Freude begrüßt. Ich musste von zwei lieben Freunden im Rollstuhl die vielen Treppen in unsere Wohnung hochgetragen werden. Dabei hatte ich ein wenig Angst und ein ungutes Gefühl. Es ging aber alles gut und ich musste diese Prozedur in den nächsten Wochen noch einige Male durchleben. Der Wunsch, endlich wieder selbst laufen zu können – wenn auch anfangs mit Gehhilfen –, wurde immer stärker.

Monika und die Kinder hatten mir im Wohnzimmer einen Geschenkkorb gerichtet, die Nachbarin hatte einen Kuchen gebacken und insgesamt war es ein sehr herzlicher Empfang. Meine Eltern waren auch da und das war schön.

Patrick war zu dieser Zeit im Zeltlager und am Sonntag besuchten wir ihn dort. Im Zeltlager nahm ich im Rollstuhl an einer heiligen Messe teil und empfing die heilige Hostie, was mir innerlich Kraft und Freude gab. Dieses ganze erste Wochenende gab mir Mut und Kraft für die folgenden anstrengenden Wochen und nur mit Widerwillen trat ich am Sonntagabend die Rückreise nach Hessisch-Oldendorf in die Klinik an.

Die ganzen Behandlungen und die Anwendungen in der Klinik waren deprimierend. Ich musste zeitweise Windeln tragen und hatte einen Dauerkatheter. Man musste mich waschen und ich war insgesamt ziemlich hilflos. Diese acht Wochen in der Rehaklinik waren die schwersten und schlimmsten Wochen meines bisherigen Lebens, die ich keinem Feind wünschen möchte. Der Unfallverursacher, die Deutsche Bahn AG, schickte irgendwann mal ihren Ombudsmann, Prof. Krasney, zu mir in die Klinik, der auf mich einen freundlichen Eindruck machte. Er versprach jegliche Unterstützung und Hilfe – die Bahn sollte das Versprechen nur unzureichend einhalten. Wirklich helfen konnte

Prof. Krasney mir in meiner schwierigen Lage also auch nicht. Zu dieser Thematik möchte ich aber später noch ausführlich berichten.

Nach dem ersten Wochenende daheim überstand ich die ersten Tage in der Klinik trotz allem gut und durfte auch am nächsten Wochenende wieder nach Hause. Jetzt war auch Patrick wieder da und somit unsere kleine Familie vollzählig. Während der letzten Woche hatte ich wieder anstrengende Therapien gehabt. Mein Zustand wurde aber zunehmend stabiler. Im kognitiven Training musste ich – zunächst auf dem Wissenstand der 5. Klasse – das Schreiben und Rechnen neu üben. Anfangs war das deprimierend – noch dazu, wenn man Betriebswirtschaft studiert und im Management gearbeitet hatte! Aber als sich die ersten Erfolge einstellten, schöpfte ich auch hier wieder Mut.

Wie ging es nun weiter? Natürlich hatte ich weiterhin zahlreiche Anwendungen und Untersuchungen in der Klinik und abends war ich immer todmüde. Mein Wunsch, endlich wieder zu laufen, verfestigte sich und ich fragte immer wieder beim Pflegepersonal und bei den Ärzten nach. Man bremste mich aber und vertröstete mich auf später.

Als ich wieder einmal am Wochenende zu Hause war, bat ich Monika, mir Gehhilfen zu besorgen. Ich wollte es einfach auf eigene Faust probieren, obwohl die Ärzte in der Klinik noch nicht dafür gewesen waren. Monika brachte dann normale Krücken und Unterarmgehhilfen. Voller Anspannung machte ich damit den ersten Versuch, wieder alleine zu laufen. Durch die Lähmung der linken Hand fiel es mir zunächst sehr schwer. Doch mit viel Übung schaffte ich es schließlich, mit den Gehhilfen die Treppe herunter zu gehen und ins Auto einzusteigen. Ich hätte in die Luft springen können und meine Stimmung besserte sich schlagartig. Ich wusste, dass das Gehvermögen die Grundlage war, wieder aus der Klinik entlassen zu werden und auch wieder arbeiten gehen zu können. Aber so weit war es noch lange nicht!

Am Montag wieder in der Klinik berichtete ich der Krankengymnastikabteilung voller Freude von meinen Gehversuchen. Und siehe da, an Gehhilfen sollte ich den Therapeuten meine Versuche vorführen. Ich fühlte mich noch etwas wackelig, aber es gelang. Von nun an ging es mit mir und dem Laufen bergauf.

Ich bekam einen Gehwagen, einen so genannten Rollator, und später einen Dreipunktstock und auch Gehhilfen. Es klappte immer besser und am Ende meines dortigen Klinikaufenthaltes konnte ich mit einem Stock langsam aber selbstständig wieder laufen. Ich war zufrieden und glücklich, etwa 12 Wochen nach dem Unglück diesen Zustand erreicht zu haben.

Die Schulferien waren zu Ende und Monika und die Kinder waren mittlerweile auch mürbe, weiterhin im Hotel zu leben, was eintönig und langweilig geworden war. Monika hatte sich immer bemüht, die Kinder mit diversen Aktivitäten zu unterhalten, aber es war für die drei trotzdem nicht immer leicht.

Jetzt musste gehandelt werden. Obwohl die Klinikleitung nicht einverstanden war, plädierten wir auf die Verlegung in eine heimatnahe Klinik zur weiteren Rehabilitation. Auch mein Vater setzte sich hier wieder für mich ein.

So konnte ich nach einigen Aufregungen und Gesprächen mit dem Chefarzt in das Orthopädische Rehazentrum nach Bad Orb verlegt werden. Nach Monaten in Mehrbettzimmern habe ich es genossen, hier ein Einzelzimmer beziehen zu können – und es, anstatt im Rollstuhl geschoben zu werden, selber betreten zu können.

Nach den anstrengenden Wochen in der ersten Rehaklinik war der Aufenthalt in Bad Orb für mich eher eine Art Kur mit vielen Erholungsphasen und leichteren Therapien. Ich hatte zwar noch einige Anwendungen, aber auch viel Freizeit und Pausen zwischen den Therapien. Die Therapeuten und Ärzte waren auch dort sehr freundlich und fachlich äußerst kompetent. Nach einiger Zeit durfte ich in Begleitung einer Therapeutin sogar ins Schwimmbad. Ich war jedoch deprimiert, dass ich nicht richtig schwimmen konnte und mein linkes Bein im Wasser immer nach unten sackte. Mit etwas Übung klappte dann das Rückenschwimmen einigermaßen und das motivierte mich wieder. Die Therapeutinnen bauten mich immer wieder auf und gaben mir neuen Mut, weiter zu kämpfen. Jeden Tag besuchte Monika mich nachmittags mit den Kindern dort in der Klinik. Von Eichenzell nach Bad Orb war es nur eine Fahrtzeit von 45 Minuten.

Nachdem ich mich gut in der Klinik eingelebt hatte, konnte ich auch immer öfter wieder zu Hause übernachten. Morgens wurde ich von Monika pünktlich wieder zu den Anwendungen gefahren.

Das alles war gut für meinen Heilungsprozess, weil ich abends wieder gemeinsam mit der Familie etwas unternehmen konnte und so auch langsam eine gewisse Normalität in unser Familienleben zurückkehrte.

Während meines Klinikaufenthaltes in Bad Orb konnte ich auch das erste Mal wieder meine alte Arbeitsstelle aufsuchen, um den Arbeitskollegen hallo zu sagen. Etwas wackelig und mit Stock betrat ich das Büro und war dennoch hocherfreut, dass es überhaupt wieder möglich war. Jetzt wusste ich auch, dass ich bald entlassen werden könnte und wieder meiner beruflichen Tätigkeit würde nachgehen können. Und ich war überglücklich über diesen Zustand. Danach war ich noch für drei Wochen in der Rehaklinik und absolvierte artig meine Anwendungen und Therapien. Es fiel mir jetzt aber immer leichter.

Schließlich kam der Tag, an dem ich auf Entlassung drängte. Der zuständige Arzt hatte Verständnis für mich und genehmigte nach so langer Zeit die Entlassung für den 5. Oktober 1998. Meine Familie und ich waren glücklich.

Endlich konnte ich nach Hause gehen! Mittlerweile hatte ich auch die ersten Versuche gestartet, Auto zu fahren, was ganz gut klappte. Natürlich kann ich auf Grund meiner Beinbehinderung nur Fahrzeuge mit Automatikgetriebe fahren und so wurde das alte Privatfahrzeug verkauft und ein neues angeschafft. Hauptsache, ich konnte wieder fahren, wenn auch mit einer Lenkhilfe und mit erhöhter Vorsicht.

Am Entlassungstag verließ ich die Klinik im Beisein der »Bild am Sonntag«, die eine Reportage über den Unfall und mich brachte. Ich bedankte mich noch herzlich mit kleinen Präsenten beim Pflegepersonal und den Ärzten und verließ voller Freude die Klinik. 13 Wochen Rehazeit lagen hinter mir.

Schritt für Schritt konnte ich mehr machen und wurde wieder selbstständig, was toll war. Als sehr aktiv, fast überaktiv, konnte mein Verhalten nach dieser Zeit bezeichnet werden. Ich hatte wohl einen großen Nachholbedarf. In den Kliniken bis auf 71 Kg. abgemagert – ich hatte fast 10 Kilo verloren –, futterte ich schnell wieder 20 Kilo mehr an. Essen und Trinken schmeckten mir wieder wie früher.

Ich hatte mir auch einen Zeitpunkt gesetzt, ab dem ich wieder arbeiten gehen wollte. Ich hatte den 19. Oktober 98 gewählt und konnte dieses Ziel erreichen. Vorher machten wir aber noch einige Tage Urlaub im Schwarzwald. Das Wiedersehen mit den Eltern und Schwiegereltern war wunderschön. Die Schwiegermutter hatte mich in der ersten Rehaklinik besucht, meinen Schwiegervater Meinrad sah ich im Oktober das erste Mal nach dem Unfall wieder. Wir waren beide gerührt!

In dieser Zeit wuchs in mir der Gedanke, zum Dank an Gott und Maria ein äußerliches Zeichen zu setzen. Ich hatte einfach den Wunsch, mich für das Überleben des schweren Unfalles zu bedanken. Mir war bewusst, dass ich bei dem Unglück genauso gut hätte sterben können. 101 andere Menschen hatten durch diese Katastrophe ihr Leben lassen müssen. Und das alles wegen Mängeln und Versäumnissen der Deutschen Bahn AG! Eigentlich unglaublich und traurig zugleich, was für ein Elend dieser Unfall mit sich gebracht hat.

Mein Gesundheitszustand erforderte natürlich weiterhin tägliche Anwendungen in Form von Krankengymnastik, Massagen und Ergotherapie.

Diese Anwendungen fielen mir jetzt aber leichter, weil ich zu Hause bei meiner Familie war.

Weil ich im Autofahren noch nicht so sicher war, fuhr ich in der ersten Zeit bei einer Kollegin die 77 km von Eichenzell nach Hanau zur Arbeitsstelle mit.

Später fuhr ich wieder selbst mit dem Dienstwagen und nahm dann auch die Kollegin mit.

An der Arbeitsstelle hatten sich einige Veränderungen und Neuigkeiten ergeben, was in einem Konzern in vier Monaten nichts Besonderes ist.

Erstaunlicherweise ist es mir aber gelungen, mich in meine Tätigkeit als Regionalleiter wieder gut einzufinden. Es dauerte nicht lange und ich hatte wieder einen Arbeitstag von acht Stunden und mehr, was natürlich eine enorme Belastung für mich war. Ich wollte diese Herausforderung aber und kämpfte dafür.

Die anstehenden notwendigen Dienstreisen belasteten mich natürlich mit meiner bestehenden Gehbehinderung. Ich biss aber die Zähne zusammen und versuchte, meiner Aufgabe einigermaßen gerecht zu werden. Arbeitszeit und Fahrtstrecke ergaben für mich zeitweise einen 14-Stunden-Tag, obwohl die Ärzte anfangs eine Arbeitserprobung von ein bis zwei Stunden täglich vorgeschlagen hatten. Abends musste ich außerdem noch die Therapien fortsetzen. Ganze fünf Monate habe ich auf diese Weise für meine berufliche Tätigkeit gekämpft, bis ich zum Wohle meiner Gesundheit erkennen musste, dass durch meine Behinderung die Aufgabe eines Managers auf Dauer zu viel für mich war. Das Problem war weniger die Aufgabe selbst, als die große Verantwortung und die vielen Dienstreisen mit zeitlich hohem Aufwand. Und dann hatte ich natürlich in meiner Position auch erhöhten Leistungsdruck, wobei man mich auch nicht schonte. Man muss aber dazu sagen, dass ich auch keine Sonderbehandlung wegen meines Unfalles wollte.

Jetzt kam die Stunde, wo ich in meinem Leben etwas ändern musste und die weiteren Weichen der Zukunft für mich zu stellen waren.

Mit der bestehenden Belastung von 80% Schwerbehinderung und einer weiteren ambulanten Rehabilitation war die berufliche Aufgabe nicht mehr zu schaffen und diente nicht meiner Genesung.

Deshalb suchte ich das Gespräch mit meinem Arbeitgeber und schilderte meine Probleme. Das Unternehmen zeigte sofort Verständnis und bot mir eine berufliche Freistellung für eine längere Zeit an, damit ich mich voll meiner Gesundheit und meiner Freizeit widmen könne.

Am 30. Juni 2000 sollte das Arbeitsverhältnis dann enden und ich erhielt die mir zustehende Abfindung nach Sozialplan. Für die Zeit nach dem 30. Juni 2000 stellte man mir eine Tätigkeit in Aussicht, die ich von zu Hause aus hätte ausführen können.

Daraus wurde – wie man sagte, aus firmenorganisatorischen Gründen – dann doch nichts, was schade war und mich menschlich sehr enttäuschte. Meine geliebte berufliche Tätigkeit ganz aufgeben zu müssen, fiel mir schwer und es tut mir heute noch Leid. Aber es ging so nicht weiter. Für meine Gesundheit und weitere Rehabilitation war die Entscheidung und die Weichenstellung richtig und vernünftig. Ich hatte es mir auf jeden Fall bewiesen, nach einem so schweren Unfall, meine Tätigkeit wieder aufnehmen zu können. Mir bleibt die innere Gewissheit, dass ich es versucht habe!

Nun war ich also arbeitslos und bemühte mich nach meiner Freistellung um eine wohnortnahe, einfachere Tätigkeit. Trotz aller Bemühungen und Unterstützung von Organisatoren fand sich leider keine für mich geeignete Aufgabe. Wer möchte heutzutage schon einen Schwerbehinderten einstellen? Das ist traurig, aber Realität in Deutschland!

Als Konsequenz blieb mir nur, den mir zustehenden Verdienstausfallschaden beim Unfallverursacher, der Deutschen Bahn AG, einzufordern. Dies gelang dann mit Hilfe meines Rechtsanwaltes und monatelanger schwieriger Verhandlungen.

So kann ich heute glücklicherweise ein Leben frei von finanziellen Sorgen leben und komme einigermaßen gut zurecht.

Trotzdem hätte ich lieber gearbeitet und auf Dauer gesehen hätte ich bei der BP-Mineralöle mehr verdient als mir von der Bahn gezahlt worden ist. Auf diese Thematik werde ich später noch einmal zurückkommen.

Die Zeit seit meiner Freistellung und bis heute hat mir aber eine andere Betrachtungsweise des Lebens gegeben. Es ist bei weitem nicht alles im Leben, Karriere zu machen und auf Biegen und Brechen Geld zu verdienen.

Ich erlebe viel intensiver das Familienleben und das Aufwachsen der Kinder. Dies wird insbesondere bei unserem Sonnenschein Marie-Jeanette deutlich, die ich von Anfang an in ihrem Wachstum beobachten konnte. Früher habe ich nicht viel von meinen Kindern mitbekommen und die Erziehung hat vorwiegend Monika übernommen.

Heute bin ich zu Hause und kann intensiv die Kinder auf ihrem Weg in die Zukunft begleiten. Das ist schön und darüber bin ich glücklich.

Meine Behinderung wird mir niemand mehr abnehmen, ob ich nun zu Hause bin oder arbeite. So kann ich mich um meine Familie kümmern und mich meiner Gesundheit widmen. Aber wie gesagt, es wäre mir lieber gewesen, weiterhin ohne Unfall zu arbeiten!

Im Zuge meiner Rehabilitation sollte ich allerdings noch einen schlimmen Rückschlag erleiden. Zum Training der Beinmuskulatur hatte ich mir ein Reha-Dreirad gekauft. Dies war mit meiner bestehenden Behinderung die einzige Möglichkeit, ein Rad an der frischen Luft zu bewegen.

Am 23. Juli 1999 stürzte ich dann mit diesem Rad vom Bordstein auf die Straße und zog mir einen dreifachen Oberschenkelhalsbruch zu, der noch am selben Tag operiert werden musste. Dies war ein Rückschlag, der mich psychisch und seelisch wieder tief nach unten gezogen hat. Die alten Erinnerungen wurden wach und das ganze leidige Prozedere mit Rollstuhl, Gehhilfen und Reha begann von vorne.

Ich schaffte es aber ein zweites Mal und konnte nach acht Wochen wieder einigermaßen laufen. Durch diesen mittlerweile von der Berufsgenossenschaft anerkannten Folge-unfall (zunächst hat die Berufsgenossenschaft den Unfall als Folge der ICE-Katastrophe abgelehnt) bin ich ängstlicher geworden und mache mir noch mehr Gedanken über meine Gesundheit und was noch alles passieren könnte.

Nach Eschede sagte ich immer, wenn es einigermaßen gerecht im Leben zugeht, dann passiert mir nichts mehr. Dann bin ich versorgt mit dem, was ich mitmachen musste!

Doch das Leben belehrte mich eines Besseren. Mit Hilfe meiner Frau und meiner Familie bewältigte ich auch diesen Rückschlag und kämpfte mich wieder durch. In dieser Zeit waren wir auch noch gerade an unserem Hausbau und es war schon anstrengend genug, alles unter einen Hut zu bringen. Monika hatte dabei die entscheidende Rolle und meisterte alles mit Geschick und innerer Ruhe, wofür ich sie heute noch bewundere und auch ein bisschen beneide. Auch dafür liebe ich meine Frau – ich könnte mir keine bessere vorstellen! Heute weiß ich nicht mehr, wie wir das alles geschafft haben und welche Kräfte wir aufgebracht haben, die vielen Belastungen unter einen Hut zu bringen.

Im Mai 2000 hatte ich noch einmal Pech und zugleich wieder Glück im Unglück. Diesmal nahm mir eine andere Autofahrerin die Vorfahrt. Beide Fahrzeuge hatten Totalschaden. Glücklicherweise ist mir diesmal körperlich nichts passiert. Wie schon in Eschede muss ich auch hier viele Schutzengel gehabt haben, die mich vor noch Schlimmerem behütet haben. Seit dieser Zeit ist mir nichts mehr passiert, und ich hoffe, dass es auch so bleiben wird. Ich bin gutes Mutes und gehe nur verständlicherweise mit erhöhter Vorsicht durch mein Leben.

In diesem ersten Teil des Buches habe ich versucht, den Lesern einen Einblick in meinen Unfall, die medizinische Versorgung, die Rehabilitationszeit und in meinen schweren Weg zurück ins Leben zu geben. Ich hoffe, dass mir dies gelungen ist. Sicherlich gab es noch viele entscheidende Situationen und Momente, die ich nicht angeführt habe.

Die Rehabilitation lückenlos darzustellen, hätte aber den Rahmen dieses Buches gesprengt.

Um den Lesern jedoch noch einen menschlichen Eindruck in die schwere Zeit meiner Akutversorgung auf der Intensivstation zu geben und um zu dokumentieren, welche Folgen sich durch das ICE-Unglück für mich und meine Familie ergeben haben, lesen Sie auf den nächsten Seiten die Tagebucheintragungen meiner geliebten Frau vom 4. Juni 1998 bis 5. Juli 1998. Beim Abschreiben der Tagebucheintragungen kamen mir manche Tränen und ich musste mich an die schmerzhaften Situationen erinnern. Auf meine Frau und auch auf meine Eltern bin ich stolz. Es ist bewundernswert, wie sie mich in der schweren Zeit unterstützt haben und was sie alles geleistet haben. Danke für alles!

Das Tagebuch voller Ängste und Sorgen von Monika

4. Juni 1998:

Fahrt nach Eschede und Hannover. Udo in Hannover gefunden. Udo ist nicht überm Berg.

5. Juni:

Mit PKW hoch gefahren, weil ich nicht in der Lage war, mit dem Zug zu fahren. Mein Schwager ist gefahren. Sehr starke Belastung für mich. Udo ist noch nicht überm Berg.

6. Juni:

Mit dem ICE nach Hannover gefahren. Udo sollte langsam wach werden. Das Medikament wurde abgesetzt. Die Ärzte waren aber nicht so zufrieden. Wurde dann wieder in den Schlaf für 2 Tage gelegt. Keine deutliche Besserung

7. Juni:

Mit dem ICE hochgefahren. Medikament wurde erneut, aber langsamer abgesetzt. Udo bewegt sich mit dem Arm. Augen waren kurz auf. Mund bewegte er. Ich war etwas erleichtert. Hab große Angst auf die nächsten Tage. Sind um 18.30 Uhr zurück gekommen. Udo ist noch nicht überm Berg.

8. Juni:

9.05 Uhr mit ICE nach Hannover. Der Dämpfer kam gleich auf der Station. Udos Computertomografie hat ergeben, dass das Gehirn noch zu sehr geschwollen ist. Er muss mindestens 1-2 Wochen noch schlafen. Aber es ist besser für Udo. Mussten dann das Hotelzimmer abbestellen und fuhren wieder nach Fulda. Zu Hause um 19 Uhr. Wir waren erschöpft. Holten am Bahnhof noch die Sachen von Udo, die gefunden wurden. U. ist noch nicht ü. Berg.

9. Juni:

9.05 Uhr ICE. Udo geht es unverändert. Er liegt da und man kann ihm nicht helfen. Habe endlich die Ringe von Udo gefunden. Waren doch im Krankenhaus. Hans, Brigitte und ich standen am Stück 3 Stunden bei ihm. War ziemlich fertig und müde. Udo bekam Krankengymnastik. Zu Hause um 19 Uhr. Udo ist noch nicht überm Berg.

10. Juni:

8 Uhr Udos Eltern fahren nach Villingen. Fahre mit Gaby nach Hannover. Udo schläft wieder tiefer, weil er sonst wieder leicht wach wird und anfängt zu zittern. Udo bekam die erste Lymphdrainage-Massage, die ihm sehr gut getan hat. Die Werte gingen bis auf 0 runter. Es tat ihm sehr gut. Nach wie vor ist sein Zustand stabil. Mein Kreislauf ist nicht der beste. Kam um 19.30 Uhr zu Hause an. Udo ist nicht ü. B.

11. Juni:

10.08 Uhr ging heute der Zug. Eddie Müller war heute mit dabei. Als wir auf der Station waren, kam uns der Arzt entgegen und sagte, dass Udo einen Luftröhrenschnitt braucht. Damit ist die Gefahr einer Lungenentzündung gebannt. Heute kam Herr Völker, Geschäftsführer der BP-Mineralöle, mit hoch zu Udo. Er war sichtlich berührt. Die Luftröhren-OP wurde auf der Station gemacht. Sie dauerte 1,5 Stunden. Eddie erklärte mir vieles. Kam um 19.40 Uhr in Fulda an. Udo ist noch nicht ü. B.

12. Juni:

9.05 Uhr ging mein Zug. Heute bin ich alleine gefahren. Es ging so. Udo ist stabil. Heute bekam er einen Einlauf und Krankengymnastik. Er war kurz etwas wacher und er zuckte mit der Wange. Ging um 15 Uhr und bin dann noch mal zum Fundbüro. Ich fand die Tasche und seinen Geldbeutel mit Inhalt. Mein Zug ging um 16.28 Uhr. War um 18 Uhr zu Hause. Machte noch die Wäsche etwas. Mein Kreislauf macht mir Sorgen. Udo ist noch nicht ü. B.

13. Juni:

9.05 Uhr ging mein Zug. Udo geht es unverändert. Heute kann ich ihm etwas die Arme bewegen, vor allem die Gelenke. Dann stehe ich nicht nur so da! Mir geht es etwas besser. Nahm den Zug um 15.30 Uhr. Hatte zu Hause noch etwas gekocht. Ging um 23 Uhr ins Bett. Waren noch einige Anrufe! Udo ist nicht ü. B.

14. Juni:

9.05 Uhr ICE. Bei Udo steigt das Fieber, er hatte Gänsehaut und dann wieder das Zittern. Udos Körper ist etwas gelb. Die Ärzte machten wohl noch mal Ultraschall um zu sehen, wie die Leber und die Nieren arbeiten. Hoffentlich kriegen sie das in Griff! Frau Richter von der BP war kurz da in Eichenzell. War heute um 17 Uhr wieder in Fulda. Ich bin so müde. Udo ist noch nicht ü. B.

15. Juni:

9.05 Uhr ICE. Ich musste heute stehen – war alles überfüllt. War ziemlich aufgeregt wegen dem Ergebnis. Als ich bei Udo war, sagten sie, es ist weiter zurück gegangen. Am Nachmittag redete ich dann mit dem Neurologen und er sagte, dass die Schwellung bei Udo weg sei. Gott sei Dank! Die Sedierung soll nun zurück gefahren werden. Er soll bis Mittwoch oder Donnerstag so langsam aufwachen. Brigitte dagegen hat nicht so gute Nachrichten. Sie braucht wieder eine Chemotherapie. Vielleicht gibt es ihr riesige Kräfte, um den Krebs zu besiegen. Jetzt wird sie auch wieder Mut bekommen, wenn es Udo wieder besser geht. Aber er ist nach wie vor nicht über dem Berg!

16. Juni:

9.05 Uhr ICE nach Hannover. Ich beeilte mich, um zu Udo zu kommen. War 10.30 Uhr bei ihm. Udo hatte die Augen auf, als ich kam. Er drückte mir die Hand. Ich war überglücklich! Hans ist heute gekommen. Udo war immer mal wieder wacher. Er macht auch das, was die Schwestern wollen. Heute redete ich mit dem Polizisten, der mit

Udo als Erster gesprochen hatte. Er war erleichtert, als ich ihm von Udos Fortschritten erzählte. Er möchte Udo auch mal besuchen. Udo nicht ü. B.

17. Juni:

9.05 Uhr ICE. Hans fuhr wieder mit. Udo ist wach, als wir kommen. Er hat auch gleich auf mich reagiert. Er kann nicht reden, wegen dem Luftröhrenschnitt. Er versuchte dann etwas zu schreiben. Er schrieb »ich möchte sofort« und dann konnte man es nicht mehr lesen. Er war zu schwach. Wir waren 5 Stunden bei ihm. Ich war glücklich. Er hatte sich versucht, die Zähne zu putzen und er hatte versucht, sich zu rasieren. Er wollte alles wissen, was mit ihm los ist. Er deutete mit der rechten Hand auf alles, was er nicht wusste. Drähte im Mund, Luftröhrenschnitt, linker Arm und Magensonde. Er winkte mir zum Abschied! Er drehte an meinen Haaren und zog auch mal daran. Aber es tat nicht weh, es tat gut!

18. Juni:

9.05 Uhr ICE. Brigitte und Renate (Udos Tante) waren mit. Udo war müde, als wir kamen, weil er schon 3 Stunden beim Waschen mitgeholfen hatte. Er war den ganzen Tag müde und erschöpft. Er zitterte viel an seinem rechten Bein. Heute hat er sein Gesicht verzogen. Dieser Blick hat mich tief getroffen. Ich möchte gerne mehr für ihn tun!

19. Juni:

Heute hat Udo die Operation für Oberschenkel und Schienbeingelenkskopf. Er sollte von 11 Uhr bis 17 Uhr operiert werden. Deshalb entschied ich mich zu Hause zu bleiben. Udo war dann schon wieder um 15 Uhr auf der Intensivstation. Er war bestimmt noch ein paar Stunden sehr müde und erschöpft. Ich blieb nicht gerne zu Hause. Die OP war gut verlaufen.

20. Juni:

8.52 Uhr ICE. Udo war heute sehr müde. Es war die Narkose. Er hat hohes Fieber, es sinkt wieder und steigt auch wieder. Udo gibt jedem, der ans Bett kommt, die Hand. Er reagiert auf alles, was man ihm sagt. Heute machte ich ihm seine Fingernägel. Er schlief immer wieder ein!

21. Juni:

8.52 Uhr ICE. Udo war heute etwas traurig oder depressiv. Er hatte immer mal wieder so einen Gesichtsausdruck. Er hatte eine Bewegungsschiene für sein linkes Bein, die muss er ständig anhaben. Die Neurologen waren mit ihm sehr zufrieden. Renate und Hans fuhren nach Villingen. Udo wird morgen operiert, am Kiefer und Jochbogen. Lieber Gott beschütze ihn!

22. Juni:

8.52 Uhr ICE nach Hannover. Udo wird heute im Gesicht operiert. Es dauerte von 8 Uhr bis 15.15 Uhr. Wir waren schon um 11 Uhr da, ursprünglich sollte die OP 2-3 Stunden dauern! Er sah so schlimm aus. Sein Gesicht war geschwollen, die Unterlippe auch. Er hatte 6 Platten im Unterkiefer. Im Jochbogen auch. Er hat am Kopf linke Seite einen Schnitt. Ich musste erst mal heulen!

23. Juni:

Udo hat uns mit einem Lachen begrüßt. Er war viel wacher als sonst. Udo hat auch geweint, weil auf einmal die Gefühle hochkamen. Er gab mir auch einen Kuss. Udo hat heute schon alleine geatmet. Es wird mit einer halben Stunde begonnen und dann wird immer mehr gesteigert. Er machte es schon ganz toll. Sein Gesicht ist schön abgeschwollen. Brigitte und ich waren sehr glücklich. Uns ist ein Stein vom Herzen gefallen!

24. Juni:

9.05 Uhr ICE. Udo war heute nicht so gut drauf. Er war erschöpft. Udo hat die ganze Zeit von 15.30 Uhr gestern bis jetzt durchgehend selber geatmet. Er wird jetzt wohl auch ohne Beatmung auskommen. Heute Nacht hat er sich den Katheter und den Beatmungsschlauch etwas rausgezogen. Aber so etwas macht jeder mal. Heute war Eddie mit dabei. Er hat an den Röntgenbilder noch einen Rippenbruch und einen Nasenbeinbruch gesehen. Heute war auch der Polizist bei Udo, der mit ihm ca. 10 Minuten nach dem Unfall gesprochen hatte. Er wollte sehen, wie es ihm geht! Herr Effinghausen war von 11.30 bis 15.45 Uhr mit bei Udo. Er ist sehr nett, ihm war es sehr wichtig für die Psyche, Udo zu sehen.

25. Juni:

8.52 Uhr ICE. Udo war im CT, als wir kamen. Es ging nicht lange, bis er kam. Udo war etwas aufgeregt, aber wir haben dann mit ihm geredet und dann war auch er bald wieder beruhigt. Ich erzählte ihm, dass er in ein paar Tagen den Trombus rausbekommt. Ich massierte ihm den Fuß. Es gefiel ihm. Die Ärzte sagten, es wäre besser, wenn der herausgenommene Knochen morgen wieder in den Kopf operiert werde. Ich musste erst einmal schlucken. Es ist bestimmt besser für Udo, wenn er jetzt und nicht in 2 Monaten wieder operiert werden muss. Wenn es morgen nicht klappt, dann am Montag.

26. Juni:

Udo wurde heute die Schädelplatte wieder eingesetzt. Es dauerte ca. 1 Stunde. Wir kamen um 13.15 Uhr zu ihm und er war gut drauf. Er wollte auch die Kekse essen, die wir für die Schwestern mitgebracht haben. Brigitte hat heute Geburtstag. Udo schrieb heute besser als sonst. Als wir um 22.30 Uhr angerufen haben, sagte die Schwester, Udo spricht! Sie haben ihm den Trombus rausgezogen. Wir freuten uns riesig. Dies war der Geburtstagswunsch von Brigitte. Udo hat den Schwestern gesagt, er hat einen Sohn und eine Tochter und eine Frau. Ich liebe ihn so sehr!

27. Juni:

8.52 Uhr ICE. Hans und Frank sind gekommen. Udo erzählte nicht viel. Er wollte nur mit nach Hause. Udo zog sich die Magensonde letzte Nacht. Sie wurde ihm wieder reingemacht. Er sagte, es tat ihm weh! Udo bekam gefrorenen Orangensaft zum Schlucken. Es klappte, ohne dass er sich verschluckte. Wenn es so weiter geht, kann er bald etwas anderes essen. Dann würde auch die Magensonde rauskommen. Doch momentan würde er verhungern, ohne Sondenkost!

28. Juni:

Patrick hat den 4. Platz beim Reitturnier in Flieden gemacht. Udo sagt dauernd, dass er nach Hause möchte. Heute hat er zwei Mal auf den Topf gemacht und der Katheter kam auch raus. Ich gab ihm etwas Eis zum Schluckenlernen. Er hat sich nicht verschluckt. Sehr gut. Er bekommt jetzt auch nur noch 3 Medikamente von 7!

29. Juni:

9.05 Uhr ICE nach Hannover. Udo ist eigentlich geistig so da, wie sonst auch. Er kann morgen nach Hessisch-Oldendorf. Er saß heute am Bett. Er konnte sich kaum gerade halten. Sein Kopf sank immer wieder nach vorne. Er saß ca. 5 Minuten. Udo zieht seinen linken Arm mit der rechten Hand hoch. Das macht er immer wieder mal. Heute konnte er minimal seine linke Hand drücken.

30. Juni:

8 Uhr Fahrt nach Hannover. Hans fährt im Krankenwagen mit nach Hessisch-Oldendorf. Wir mit dem Auto. Unser erster Eindruck ist gut. Es sind alle freundlich zu ihm. Vorerst ist Udo noch auf der Überwachungsstation. Morgen wird mit seinem Training begonnen. Heute isst Udo ohne Sondenkost. Es geht sehr gut. Unser Hotel ist auch in Ordnung.

1. Juli:

Wir können immer erst ab 16.45 Uhr zu Udo gehen. Er wartete schon auf uns. Er hatte geglaubt, wir kommen nicht mehr! Er war an diesem Tag sehr verzweifelt. Er weiß nun auch genau, was passiert ist. Kann seine Hand etwas mehr drücken.

2. Juli:

Udo wirkte auf uns wie verrückt. Udo ist sehr ungeduldig. Wir konnten mit Udo das erste Mal raus gehen.

3. Juli:

Udos linker Arm geht schon besser. Er macht Fortschritte. Udo ist nach wie vor ungeduldig. Waren wieder draußen.

4. Juli:

Wir waren um 11 Uhr schon bei Udo. Sein Essen sieht immer gleich aus. Er hat keinen Appetit. Aber er muss essen! Der Arm geht schon besser.

5. Juli:

Wir waren mit Udo im großen Park. Das Wetter ist sehr bescheiden. Wir waren auch im Café:
Udo aß Eis und etwas Kaffee, auch etwas Kuchen. Udo möchte so gerne laufen. Udo rief Hans und Brigitte an. Alle freuten sich. Kann sein Arm bis zur Elle hoch und runter machen. Die Finger gehen auf und zu!

Mit dem 5. Juli enden die leidvollen Aufzeichnungen von Monika, die ich bewusst unverändert aus dem BP-Kalender übertragen habe, der ihr damals als Tagebuch diente – ungeachtet auch eines nicht korrekten Satzbaus: Es ist beachtlich, dass Monika in dieser schweren Zeit überhaupt in der Lage war, die Tagebuchaufzeichnungen zu machen. Ich meine aber, dass diese Aufzeichnungen eindrucksvoll das große Leid dokumentieren, das durch diesen doch vermeidbaren Unfall über unsere Familie gebracht wurde.

Zeitweise wäre ich in der Rehaklinik in Hessisch-Oldendorf tatsächlich fast verrückt geworden. Das Sitzen im Rollstuhl und die Bewegungsunfähigkeit machten mich nervös, unzufrieden und kribbelig zugleich. Ich wollte immer laufen und es ging mir nicht schnell genug. Dann hatte ich natürlich massive Schlafstörungen und unheimlich starke Schmerzen über Wochen hinweg. Da kann ein Körper auch nicht ruhig bleiben! Meine Familie und ich sind überglücklich, dass ich nicht dauerhaft im Rollstuhl sitzen muss.

Meine Frau war tapfer und hatte große Ängste um mich. Hier mit unserem dritten Nachwuchs Marie-Jeanette.

Bleibende Folgen

Die schweren Verletzungen haben verständlicherweise einige bleibende Folgen an mir hinterlassen. Bis heute ist von der Berufsgenossenschaft eine 80-prozentige Schwerbehinderung anerkannt.

Im ersten Rentengutachten anerkannte die Berufsgenossenschaft folgende Unfallfolgen:

- Abgeheiltes Schädelhirntrauma 3. Grades
- Operativ versorgte knöchern fest verheilte Brüche des Jochbeines links und des Unterkiefers rechts mit Lähmung der linken Seite
- Weitgehende Gebrauchsunfähigkeit der linken Hand
- Gestörtes Gangbild
- Leicht-mittelgradiges Psychosyndrom
- Verheilte Brüche des Oberschenkels und des Schienbeinkopfes
- Verheilter Riss des Außenbandes im Sprunggelenk links mit Bewegungseinschränkung des Hüft- und Kniegelenkes
- Muskelminderung des Beines
- Bandinstabilität des Kniegelenkes
- Knöchern fest verheilter Beckenringbruch links
- Folgenlos verheilter Harnblasenriss

Es sind also doch erhebliche Verletzungsfolgen zurück geblieben, die dauerhaft behindern.

Es liegt mir auch ein umfangreiches Fachgutachten vom Klinikum Frankfurt vor, welches mir einen Invaliditätsgrad von 90% diagnostiziert.

Hier läuft gerade eine Sozialgerichtsklage gegen die Berufsgenossenschaft, um den festgestellten Invaliditätsgrad anerkannt zu bekommen.

Es besteht bei mir noch eine hochgradige Gehstörung, die auf die Bewegungsstörung der linken Körperseite zurück zu führen ist. Immer wieder plagen mich starke Schmerzen, die mich an das Unglück erinnern und dann schwankt auch meine Stimmung. Wenn mir nichts wehtut, dann geht es mir seelisch und psychisch auch gut.

Der linke Fußheber ist noch gelähmt und die linke Hand ist massiv in der Feinmotorik gestört. Auch der linke Arm lässt sich nicht vollständig aktiv bewegen.

Beim Laufen empfinde ich oft große Ängste wieder hinzufallen, und dann zittert mein linker Fuß. Besondere Probleme machen mir Straßen, große Flächen und große Menschenansammlungen. Durch die Behinderung kann ich nicht rennen und viele Sportarten nicht ausführen. In ärztlicher Behandlung bin ich bei Dr. Ziegler aus Fulda, wo ich mich von ihm und seinem netten Team bestens betreut fühle.

Jeden Tag schränkt mich die bestehende Behinderung in irgendeiner Form im Alltag ein.

Doch ich kann sie nicht ändern oder wegzaubern und deshalb muss ich lernen, mit der Behinderung und den Unfallfolgen zu leben. Ich merke sie bei vielen kleinen Dinge des Lebens, wie beispielsweise beim Schuhebinden oder wenn ich mir das Hemd zuknöpfen will. So musste ich mich in vielem einfach umstellen und lernen, mit neuer Sichtweise zu leben. Zum Beispiel muss ich im Winter Schuhketten tragen, um nicht hinzufallen. Viele Dinge gehen halt einfach nicht wie früher und man muss sich an die neue Lebenssituation langsam gewöhnen, wenn es auch nicht immer leicht fällt und ich oft in ein »Loch« falle! Auch quälen mich zeitweise Minderwertigkeitskomplexe, weil ich als 35-jähriger junger Mann nicht mehr vollständig einsatzfähig bin und weil mir volle Erwerbsminderung zugesprochen wurde. Ich habe vor dem Unfall immer gerne gearbeitet und bedauere, dass ich durch meine unfallbedingte Behinderung keiner vernünftigen Aufgabe mehr nachgehen kann.

Bis zum heutigen Tag bedarf es täglicher Anwendungen, Trainings oder Therapien in Form von Krankengymnastik, Ergotherapie und Massagen. Das Training im Sportstudio, das ich zwei Mal in der Woche aus Eigeninitiative absolviere, klappt einigermaßen gut und ist für mich die einzige Sportart, die ich noch ausführen kann. Leider. Im Aktiv-Fitness-Club Eichenzell fühle ich mich wohl und dort werde ich gut betreut. Wenn das Wetter gut ist, fahre ich mit dem Reha-Dreirad, was mir Freude bereitet und auch gut tut!

Ich kann nur jedem Unfallopfer empfehlen, so viel wie möglich nach einem Unfall zu trainieren und zu versuchen, eventuelle Behinderungen zu optimieren.

Es fällt mir auch nicht immer leicht, aber ich trainiere hart für eine weitere Verbesserung meines Gesundheitszustandes! Dadurch wird auch das seelische und psychische Befinden besser, so meine persönlichen Erfahrungen. Auch wenn bei mir eine dauerhafte Behinderung diagnostiziert wurde, gebe ich die Hoffnung auf eine weitere Besserung nie auf!

An dieser Stelle möchte ich dem Aktiv-Fitness-Club und seinem netten Team Eichenzell für die bisherige gute Betreuung meinen herzlichen Dank sagen. Die Chefin Manuela Schnupf, bekannt als Ela, ist einfach super! Das Training in diesem Studio ist familiär und macht Spaß.

Bedanken möchte ich mich auch bei dem Team der Praxis Thomas Hosenfeld aus Fulda und hier insbesondere bei dem Therapeuten Thomas Kreis, der mich seit langer Zeit bestens behandelt und betreut. Danke sage ich auch an alle Ärzte, Krankenschwester, Pfleger und medizinisches Personal, die dieses Buch lesen und mich im Laufe meiner Rehabilitation irgendwann mal behandelt oder betreut haben.

Im Jahr 2001 sollten mir der Oberschenkelnagel, die Knieplatte und sieben Schrauben operativ entfernt werden. Ich wurde über vier Stunden operiert und habe nach der Operation erfahren, dass der Nagel sich nicht mehr entfernen lässt und das ganze Leben im Körper bleiben muss. Dies sind Momente, da könnte man verrückt werden. Solche unfallbedingten Umstände machen mich ärgerlich und auch traurig. Und der Unfallverursacher kümmert sich meiner Meinung nach nur unzureichend um seine Opfer.

Erfahrungen mit der Deutschen Bahn AG

Die Deutsche Bahn AG hat mich durch ihr Verhalten menschlich tief enttäuscht.

Meine Erfahrungen in der Schadensabwicklung mit der Deutschen Bahn AG sind schlecht. Meiner Meinung nach hat die Bahn nicht genügend getan, um die Folgen dieses verschuldeten Unglückes vernünftig zu regulieren. Der Bahnvorstand und auch die Bahnmitarbeiter waren mit der Schadensabwicklung meiner Meinung nach total überfordert. Die in der Haftpflichtgruppe tätigen Bahnmitarbeiter waren zwar bemüht, manche handelten aber auch unsensibel und kleinlich. So wurden nach dem Unglück Briefe mit Geburtstagsgrüßen an ehemalige Bahncard-Kunden verschickt, die durch das ICE-Unglück von Eschede getötet worden sind. Des Weiteren verwendete die Bahn im Schriftverkehr mit den Eschede-Opfern Sonderbriefmarken mit dem ICE!

Die von der Deutschen Bahn AG eingesetzten und beauftragten Bahnpsychologen waren ebenfalls mit der Situation überfordert. Mich besuchte in der Rehaklinik eine Psychologin von der Bahn, die im Gespräch mehr mit den Tränen zu kämpfen hatte als ich selbst. Auch die nach dem Unfall abgehaltenen Sitzungen in Gruppen mit Psychologen und Opfern hatten meiner Meinung nach eher Alibifunktion. Der Erfolg und Nutzen dieser Sitzungen ist für mich in Frage zu stellen. Auf die Sorgen und Nöte der vielen Verletzten, deren Angehörigen und der Hinterbliebenen wurde nicht sorgfältig genug eingegangen.

Hunderte von Anwälten waren und sind bis heute mit der Schadensabwicklung für die Eschede-Opfer beschäftigt. Die hohen Kosten für diese Anwälte muss die Deutsche Bahn AG tragen, obwohl der Schaden durch eine großzügigere Abwicklung auch ohne so viel anwaltschaftliche Hilfe abgewickelt werden könnte.

Wortgewaltig und großartig wurde den Unfallopfern kurz

nach dem Unfall vom Bahnvorstand und auch von zahlreichen Politikern, darunter Gerhard Schröder, eine großzügige und schnelle Schadensabwicklung zugesagt. Später hat nach meinem Empfinden auch die Bundesregierung versagt und sich nicht mehr um die Opfer gekümmert. Der Bahn wurde von der Bundesregierung bis heute kein Druck bezüglich einer großzügigen Schadensabwicklung gemacht. Als ich in der Akutklinik in Hannover war, hatte die Frau des Bundespräsidenten Herzog in der Klinik angerufen und sich nach mir erkundigt. Auch nur eine Schau für mich, weil später von Hilfe und Unterstützung von dieser Seite nichts mehr zu merken war.

Die von der Bahn und Bundesregierung gemachten Zusagen der großzügigen Schadensabwicklung wurde in vielen Fällen nicht eingehalten (mir ist kein Fall bekannt, in dem sie eingehalten wurden). Ich persönlich hatte fast vier Jahre mit der Bahn zu kämpfen, um die mir zustehenden Schadensansprüche durchsetzen zu können. Im Laufe der vier Jahre füllten sich vier Aktenordner mit Schriftverkehr, Beschwerden und Gutachten. Dieser Bürokratismus und diese Schwierigkeiten waren für meine persönliche Rehabilitation wenig förderlich und ich hätte mir manche Aufregungen ersparen können, wenn die Deutsche Bahn AG etwas menschlicher und großzügiger gehandelt hätte. Dieser Ärger kostete neben meiner unfallbedingten Behinderung einige Kräfte und Nerven, die mich zusätzlich in schwerer Weise belastet haben. Dennoch kämpfte ich und werde weiterhin für meine Rechte kämpfen. So wurden uns einmal die Übernahme der Hotelkosten für meine Frau, meine Kinder und Eltern in Höhe von DM 2.000,-- abgelehnt. Erst auf anwaltschaftlichen Druck und mit Hilfe eines ärztlichen Attests über die Notwendigkeit der Anwesenheit meiner Familie, wurden die Kosten dann doch noch erstattet. In einer anderen Sache musste ich mich monatelang mit der Bahn wegen DM 400,-- streiten, weil die Bahn zunächst nicht einen für mich ärztlich verordneten Rollator (Gehwagen) übernehmen wollte. Solche Vorgehensweisen der Bahn sind mir auch von zahlreichen anderen Eschede-Opfern bekannt und auch in vielen Sendungen und in Zeitschriften wurde dies schon berichtet. Bei mir ging die Schadensabwicklung erst etwas schneller und gewissenhafter über die Bühne, nachdem ich in mehreren Zeitungen und in Fernsehsendungen das schlechte Verhalten der Deutschen Bahn AG bemängelte. Da wurde man dann etwas sensibler. Trotzdem musste jeder Anspruch genauestens durch einen Rechtsanwalt durchgesetzt werden und ohne Druck nahm die Deutsche Bahn AG keine Schadensregulierung vor.

Es dauerte Wochen, bis wir den Schaden an meiner Kleidung ersetzt bekommen haben. Aus sicherer Quelle wissen die Unfallopfer jedoch, dass der Deutschen Bahn AG ihr eigener Schaden am kaputten ICE in Höhe von über 50 Millionen DM in wenigen Wochen von ihrer Versicherung bezahlt wurde. Da wurden Schadenansprüche von Eschede-Opfern hinausgezögert und Schadenspositionen gestrichen oder ganz verweigert, die Bahn hat jedoch ihren vollen Schaden ersetzt bekommen! Wo bleibt da die Gerechtigkeit?

Viele Schadenspositionen wurde von der Bahn bei den unschuldigen Opfern in Frage gestellt und es waren für jede Kleinigkeit Belege einzureichen. Umfangreiche medizinische Gutachten mussten eingereicht werden, um das Schmerzensgeld ausgezahlt zu bekommen, auf das man Anrecht hatte. Wie war das noch mit der großzügigen Abwicklung?

Mir wurde nur Schmerzensgeld in der Höhe zugestanden, wie es die vom Gericht anerkannten Schmerzensgeldtabellen vorsehen. Die in Deutschland gezahlten Schmerzensgeldbeträge sind viel zu gering. Hier liegt die Schuld aber nicht bei der Bahn, sondern bei der Gesetzgebung. Die Bahn hat sich stets auf die geltende Rechtssprechung berufen. Von schneller, großzügiger und unbürokratischer Schadensabwicklung wollte schon kurze Zeit nach dem Unfall bei der Bahn und deren Verantwortlichen niemand mehr etwas gewusst haben.

Insofern hatte ich viel Ärger und zu meinem körperlichen

Leid noch viel Verdruss und seelischen Schmerz, bis ich meine Ansprüche durchsetzen konnte. Wo es ging, hat die Bahn in meinem eigenen Schadensfall zusätzlich gekürzt und gestrichen.

Was mich menschlich und persönlich immer noch besonders stört und zutiefst enttäuscht, ist die Tatsache, dass der Bahnvorstand sich bis zum heutigen Tage nicht persönlich bei den Unfallopfern entschuldigt hat. Ein Blumenstrauß für die betroffenen Ehegatten der Verletzten oder für die trauernden Hinterbliebenen oder das Bezahlen von Erholungsreisen für die Opfer wären vom Bahnvorstand Zeichen des Mitgefühls gewesen und solch ein Verhalten hätte ich von den Bahnmanagern eigentlich erwartet. Wären die zahlreichen Geld- und Sachspenden aus der Bevölkerung nicht gewesen, so wären die Eschede-Opfer noch schlechter gestellt gewesen. Das unsagbare Leid und die damit verbundenen Kettenreaktionen von Leid und Schmerz ist dem Bahnvorstand mittlerweile – so mein persönlicher Eindruck – egal.

Bereits der damalige Vorstandsvorsitzende Dr. Ludewig zeigte Gefühlskälte und er kümmerte sich nicht persönlich um die vielen Verletzten und Hinterbliebenen. Der neue Bahnchef Mehdorn reagiert erst gar nicht auf Schreiben von Eschede-Opfern. Er will offensichtlich die Sorgen und Anliegen der Betroffenen einfach aussitzen. Ich habe sehr oft an Herrn Mehdorn geschrieben und habe keine Antworten auf meine Schreiben bekommen. Das ist schon traurig! Seitenweise könnte man über Pannen bei der Schadensabwicklung durch die Deutsche Bahn AG berichten. Dies würde jedoch meinem Anliegen im Rahmen dieser Berichterstattung nicht entsprechen. Die Bahn und ihre Verantwortlichen wissen sicher selbst, welche Fehler sie gemacht haben. Auch wenn ich persönlich nicht daran glaube, wäre es zu hoffen, dass die Bahn irgendwelche Lehren aus ihrem – teilweise unmenschlichen – Verhalten zieht.

Zusammenfassend bin ich menschlich über die Deutsche Bahn AG enttäuscht und auch verärgert und ich finde es traurig, dass die Bahn nur das reguliert hat, wozu sie rechtlich ohnehin verpflichtet war. Ich hoffe sehr, dass die Unfallverantwortlichen bei der Deutschen Bahn ihre gerechte Strafe für ihre Schuld an diesem Unglück erhalten werden und dass auch die richtigen Schuldigen vom Gericht ermittelt werden können.

Trotz dieser Hindernisse und dem Ärger empfehle ich allen Unfallopfern, bei der Durchsetzung ihrer Schadensansprüche nicht locker zu lassen und für alle Schadenszahlungen zu kämpfen, die ihnen zustehen. Denn meistens, so auch die Bahn, sind die Unfallschuldigen ohnehin versichert und es kommen daher Versicherungen für diese Leistungen auf. Im Fall Eschede soll eine Klage in den USA klären, ob den Eschede-Opfer und deren Hinterbliebenen höhere Schmerzensgeldbeträge zugesprochen werden müssen. Eine größere Anzahl von Verletzten und Hinterbliebenen hat sich dieser Sammelklage angeschlossen, die mehr Gerechtigkeit für die lebenslang geschädigten Eschede-Opfer bringen soll. In Amerika wird auch für entgangenen Lebensqualitätsverlust ein finanzieller Ausgleich bereitgestellt, was in Deutschland leider gesetzlich nicht vorgesehen ist. Die Gesetze in Deutschland lassen in vielen Punkten sehr zu wünschen übrig und sind meiner Meinung nach dringend überholungsbedürftig, was auch von vielen Verbraucherschutzverbänden schon länger eingefordert wird.

Herr Heinrich Löwen, der Sprecher der Interessengemeinschaft der ICE-Opfer, kann vom Verhalten und von den Schwierigkeiten mit der Bahn ein Lied singen. Obwohl er bei dem tragischen Unfall seine Frau und seine Tochter verloren hat, kämpft er uneigennützig mit viel Eifer für die Durchsetzung aller Ansprüche der zahlreichen Bahnopfer! Hut ab vor diesem Ehrenmann. Da könnten sich Herr Mehdorn und der Bahnvorstand ruhig mal ein Beispiel daran nehmen.

Sicherlich ist das Verschulden der Deutschen Bahn AG von gerichtlicher Seite noch nicht abschließend geklärt. Dennoch sehe ich die Bahn in der moralischen Verpflichtung den Schaden großzügig und unbürokratisch zu regulieren, nachdem auch zahlreiche Gutachten die Schuldigkeit der Bahn dokumentieren bzw. Versäumnisse der Bahn aufgedeckt haben. Ich glaube nicht, dass es jemand gibt, der an der Schuld der Deutschen Bahn noch zweifelt. Der Unfall kann nicht ungeschehen gemacht werden. Die finanziellen Auswirkungen auf die Bahnopfer könnten aber zumindest vernünftig geregelt werden. Darauf wenigstens haben die Passagiere des Unglückszuges Anspruch!

So ärgerte mich bei meiner Schadensabwicklung besonders folgender Sachverhalt: Seitens der Berufsgenossenschaft steht mir der Bezug einer Verletztenrente zu. Diese liegt jedoch unter der Höhe des letzten Gehaltes, das ich als Arbeitnehmer bezogen habe. Verantwortlich für eine Schadenszahlung zum Ausgleich dieser Differenz war die Deutsche Bahn AG. Zu diesem Zweck wurde ein Regulierungsgespräch geführt. In diesem Gespräch sagte man mir, dass ich ja als erwerbsgemindert anerkannt sei und daher auch Anspruch auf eine Erwerbsminderungsrente von der BfA habe. Auf dieser Grundlage und einer Hochrechnung bis zum Rentenalter kürzte die Bahn die Ausgleichszahlung, die sie mir schuldete, um einen sechsstelligen Betrag. Ich gab vorschnell mein Einverständnis und unterzeichnete die Vereinbarung im guten Glauben gegenüber den Informationen, die man mir gab. Kurz darauf erfuhr ich, dass man als Erwerbsunfähiger nur eine der beiden Renten von BfA oder Berufsgenossenschaft beziehen kann (es wird automatisch die höhere von beiden bewilligt). Das bedeutete im Klartext, dass die Bahn mich um den Betrag brachte, um den die Ausgleichszahlung gekürzt worden war. Meines Erachtens mussten aber die Rechtsexperten, die die Regulierungsgespräche führten, diesen Sachverhalt kennen. Ich glaube, es ist nur allzu verständlich, dass ich mich hinsichtlich dieser Schadenszahlung in hohem Maße betrogen fühle. Dass die zuständigen Sachbearbeiter bei der Bahn mit der Aufgabe der Schadensabwicklung überfordert waren, ist verständlich. Dass die Pannen, die passierten – und die ja auch zugegeben wurden – im Nachhinein nicht mehr behoben wurden, muss die Opfer jedoch empören und enttäuschen.

Es darf nicht sein, dass die Reisenden des Unglückszuges sich nach Abschluss der laufenden Gerichtsverfahren noch bei der Bahn entschuldigen müssen, in diesem Zug gesessen zu haben!

Jeder Fahrgast des ICE 884 hat sich doch nur auf eine sichere und einwandfreie Beförderung verlassen und viele Unfallopfer waren mit Vorfreude auf dem Weg zu einem Urlaub, von dem man sich Erholung und Entspannung versprach.

Durch Fehler und Versäumnisse endete die Zugfahrt für 101 Menschen mit dem Tod und für viele Menschen mit lebenslangen Beeinträchtigungen und Behinderungen!

Der gebrochene Radreifen vom Unglücks-ICE von Eschede war nach Aussage eines Gutachters überproportional beansprucht.

Er habe in den Monaten vor der Katastrophe mehr als das Doppelte der ursprünglichen Spannung verkraften müssen, sagte Gutachter Dietrich Flade im Eschede-Strafprozess in Hannover aus.

Der stählerne Ring war nach Aussagen des Gutachters erheblich heruntergefahren. »Je dünner der Radreifen ist, desto höher ist die Spannung«, sagte der Gutachter. Zum Zeitpunkt des Unglücks war er von 60 auf 31 Millimeter heruntergefahren. Nach Flades Modellrechnungen stieg die Beanspruchung des Radreifens dadurch überproportional. Flade und andere Experten des Darmstädter Fraunhofer Institutes hatten im Auftrag der Staatsanwaltschaft Gutachten zur Bruchursache erstellt.

Diese Gutachten sind für die Eschede-Opfer ein Schlag ins Gesicht und ich persönlich behaupte, dass der Unfall hätte vermieden werden können. Aber das Geldverdienen stand bei der Deutschen Bahn AG wieder im Vordergrund und obwohl die Mängel erkannt waren, wurde der Unglückszug einfach auf die weitere Reise gelassen. Und jetzt müssen sich Hunderte von Eschede-Opfern mit der Bahn wegen Schadenszahlungen herumärgern. Hätte die Bahn den Unglückszug einwandfrei gewartet, hätten Millionen eingespart werden können!

Nachstehend ein ganz kleiner Auszug von Pannen, die sich die Deutsche Bahn bei der Schadensabwicklung des Eschede-Unglücks leistete (zitiert aus der Frankfurter Rundschau):

- Die Bahn verlangte von den Geschädigten und Hinterbliebenen den Originalfahrschein oder eine Kopie. Begründung: Man müsse wissen, ob die Betreffenden wirklich im Zug saßen.
- In einem Fall verweigerte die Bahn einen Pauschalbetrag von 100 Mark, den eine verletzte Frau für Waschutensilien und Nachtkleidung während ihres Aufenthaltes im Krankenhaus Celle bezahlt hatte.
- Ein Eschede-Opfer wollte die Kosten eines bei dem Unfall zerstörten Goldarmbandes im Wert von 1800 Mark ersetzt bekommen. Die Bahn zog den von einem Juwelier geschätzten Schmelzwert von 93,80 Mark von dem Neupreis ab.
- Einem Schwerverletzten verweigerte die Bahn ein behindertengerechtes Automatikfahrzeug

Der kaputte ICE kostete 55 Millionen Mark, die 101 Menschenleben waren der Bahn nur 3 Millionen wert. Da stimmt etwas nicht, so der Sprecher der Selbsthilfegruppe, Heinrich Löwen, mit ärgerlicher Stimme. Auch mit einem höheren Betrag könne kein Menschenleben ersetzt werden, so der Trauernde. Keinesfalls solle der Eindruck entstehen, man wolle mit dem Leid irgendwelche Geschäfte machen, aber 30.000 Mark seien eine Verhöhnung der Opfer und würden einer sozialen Katastrophe wie dem Verlust von Angehörigen nicht gerecht, so Heinrich Löwen deprimiert und verärgert.

Erfahrungen mit
Medien- und Presseanstalten

Bei einem so schweren Unfall fehlt natürlich auch nicht das Interesse der Presse und der Medienanstalten. Sie alle berichteten ausführlich und umfangreich über das Unglück und die vielen Einzelschicksale der Unfallopfer.

Meine persönlichen Erfahrungen mit der Presse und den Medienanstalten von Funk und Fernsehen sind bis auf wenigen Ausnahmen sehr positiv und ich kann für meinen Teil von einer wohl wollenden und ausgewogenen Berichterstattung der Medien sprechen.

In einem einzigen Fall hat mich ein Filmteam einmal so genervt, dass ich die Dreharbeiten abgebrochen habe und das Team seines Weges verwiesen habe. Das war aber wirklich eine Ausnahme.

In vielen Fällen hat mir die Unterstützung der Medien sogar geholfen, mir zustehende Schadenszahlungen schneller einzufordern.

Als ich auf der Intensivstation lag, hatte meine Frau bereits Anfragen zu Interviews von namhaften Fernsehanstalten. Dies lehnte meine Familie in dieser Zeit allerdings strikt ab, weil ein Interview oder eine Berichterstattung in dieser Zeit für alle nur belastend und schmerzhaft gewesen wäre.

Erst als ich seelisch und psychisch wieder stabiler war und über die Unfallfolgen selbst sprechen konnte, entschlossen wir uns, Interviews zu geben – nicht zuletzt, weil wir zu diesem Zeitpunkt bereits massive Probleme mit der Deutschen Bahn AG hatten.

Der Anfang war in der Fernsehsendung »Akte 98« gemacht und dieser Anfang zog einen ganzen »Rattenschwanz« nach sich. Wir hatten fortan unzählige Anfragen von Zeitungen, der Boulevardpresse, von Fernsehsendungen und insbesondere von Talkshows.

So waren meine Frau und ich Talkgäste in den Talkshows

bei Birte Karalus, Arabella, Pfarrer Fliege und Andreas Türk, im SAT.1 Frühstücksfernsehen und bei »Sonntags unter uns« im MDR. In diesen Sendungen hatte ich einige Male auch die Gelegenheit mich mit Überraschungen bei meiner Frau und meinem Lebensretter zu bedanken.

Durch diese Fernsehsendungen haben wir Land und Leute kennen gelernt und viele interessante Begegnungen gehabt. Auch konnten wir mit anderen Erfahrungen austauschen und lernten wir viele verschiedene Schicksale kennen.

Die Fernsehaufzeichnungen bei uns zu Hause waren allerdings oft sehr anstrengend und aufwändig für mich. Man musste sich immer wieder voll konzentrieren, sich manchmal mehrfach umziehen und immer wieder Interviews wiederholen.

Insgesamt gesehen waren es aber viele gute Erfahrungen und auch tatsächliche Hilfe, die wir durch die zahlreichen Medienanstalten und Zeitungen erhalten haben.

Sonstige Erfahrungen mit Ämtern und Behörden

Glück im Unglück hatte ich auch in der Hinsicht, dass es sich bei meinem Unfall um einen Arbeitsunfall handelte. Ich war daher über die Berufsgenossenschaft versichert, so dass mir Verletztengeld, eine umfangreiche medizinische Versorgung und eine Verletztenrente gesetzlich zustanden und weiterhin zustehen. Somit war und bin ich wenigstens finanziell gesehen einigermaßen abgesichert.

Leider kann ich aber auch in Bezug auf Berufsgenossenschaft und Versorgungsamt nicht gerade von guten Erfahrungen sprechen.

Auch diese Behörden und Ämter handeln nach meinen Erfahrungen leider nicht besonders menschlich, mitfühlend und verständnisvoll. Das meiste wird im Beamtenstil, rein nach Gesetz und Paragraphen, abgewickelt. Der Mensch an sich findet wenig Beachtung und das einzelne Schicksal hat bei diesen Institutionen meiner Meinung nach geringe Bedeutung.

Jeder Anspruch muss mit einem Gesetzesparagraphen begründet werden. Dort, wo die Gesetzeslage eindeutig geregelt ist, gibt es wenig Abwicklungsschwierigkeiten. Wo aber Spielraum ist und Entscheidungen Auslegungssache sind, hatte ich bisher große Schwierigkeiten. Das ist leider typisch für die deutsche Gesetzgebung. Auch für den Schriftverkehr mit der Berufsgenossenschaft habe ich mittlerweile mehrere Ordner zu verwalten.

So verlangt man von mir als Unfallopfer einen zusätzlichen Nachweis für die Kilometergeldabrechnung hinsichtlich der Anwesenheit bei Therapien, obwohl die unterschriebenen Rezepte dies schon dokumentieren. Das ist für mich eine Art Schikane. Zur Begutachtung musste ich einmal für eine ganze Woche in die psychiatrische Abteilung des Klinikums Frankfurt, wo man nicht einmal im Zimmer das Fenster öffnen konnte und sich abmelden musste, wenn man an die frische Luft wollte. Tagelang wurde ich unter schwierigen Bedingungen begutachtet und es ergab laut Gutachten eine 90-prozentige Schwerbehinderung. Die Berufsgenossenschaft anerkennt bis heute aber nur 80% und zahlt die Verletztenrente auch nur auf dieser Grundlage. Zur Argumentation legt der Unfallversicherungsträger Gutachten nach Aktenlage von Ärzten vor, die mich noch nie gesehen haben und auch nicht untersucht haben. Das erweckt bei mir den berechtigten Eindruck, dass man versucht, den Invaliditätsgrad möglichst niedrig zu halten, obwohl man von einem Fachgutachten des anerkannten Klinikums Frankfurt eigentlich sicher sein kann, dass die Beurteilung den tatsächlichen Verhältnissen entspricht. So wurden bisher auch ärztlich dringend verordnete Sportgeräte nicht erstattet, weil angeblich diese Geräte nicht für Menschen mit Behinderungen geeignet sind. Dies ist für mich ein Widerspruch, weil viele tausend Menschen in Deutschland mit Behinderungen in Sportstudios trainieren. Deshalb trainiere ich im Sportstudio auch regelmäßig auf eigene Kosten, um mich fit zu halten und meinen Gesundheitszustand weiter zu optimieren. Hätte ich in der Vergangenheit nicht so intensiv trainiert, so hätte ich wesentlich mehr Therapien auf Rezept gebraucht und hätte vielleicht einen Behinderungsgrad von 100%! Dieses große Eigenengagement wird aber leider von der Berufsgenossenschaft nicht ausreichend gewürdigt. Durch mein gezieltes Training musste ich auch seit dem Jahr 2000 nicht mehr in eine Rehabilitationsklinik, was mir ärztlicherseits aber zugestanden hätte. Kostenersparnis für die Berufsgenossenschaft: mehrere Tausend Euro. Da sollte man bei anderen, kleineren Erstattungsbeträgen, wie zum Beispiel einem einfachen Laufband, nicht so kleinlich sein!

Um meine Ansprüche durchzusetzen, habe ich gegen die Berufsgenossenschaft bereits die zweite Sozialgerichtsklage angestrengt. Sie läuft noch und belastet mich zusätzlich nervlich und psychisch sehr stark. Auch mein Folgeunfall im Zuge der Rehabilitation wurde erst nach Bemühen des Gerichts und der Anwälte als solcher anerkannt. Hier hätte sich die Berufsgenossenschaft ebenfalls wieder Kosten und Ärger ersparen können, wenn der Unfall gleich anstandslos anerkannt worden wäre.

Trotzdem mein Tipp an alle Unfallopfer: Lassen Sie sich nicht unterkriegen und fordern Sie mit Nachdruck Ihre Rechte ein. Scheuen Sie nicht davor zurück, die Gerichte mit der Klärung Ihrer Ansprüche zu bemühen. Denn Sie sind Unfallopfer und haben ein Recht auf Gerechtigkeit!

Meine Aufzählung der Schwierigkeiten soll kein Angriff gegen den Unfallversicherungsträger darstellen, sondern nur beschreiben, mit welchen bürokratischen Schwierigkeiten Unfallopfer in Deutschland zusätzlich zu kämpfen haben. Mir sind mehrere Unfallopfer bekannt, die Probleme mit ihren gesetzlichen Unfallträgern haben, obwohl die Unternehmen heutzutage hohe Beiträge zur Absicherung ihrer Beschäftigten zahlen.

Hier müsste die Gesetzeslage meiner Ansicht nach noch in vielen Punkten zum Wohle von Behinderten und Patienten verbessert werden.

So verweigert mir das Versorgungsamt beispielsweise die Ausstellung eines Behindertenparkausweises, weil meine starke Gehbehinderung und ein Invaliditätsgrad von 80% angeblich nicht ausreichen, um einen derartigen Behindertenparkausweis zu erhalten. Und dies, obwohl ich persönlich Menschen kenne, die einen niedrigeren Behindertengrad haben und trotzdem einen Parkausweis bekommen haben. Auch hier wurde wieder nur nach Aktenlage entschieden und man hat es bisher nicht für nötig gehalten, mich persönlich kennen zu lernen. Sonst hätten die Beamten die starke Gehbehinderung von selbst erkennen müssen! Ob ich einen Ausweis bekomme oder nicht, es würden dabei keine Kosten für das Versorgungsamt entstehen. Das ist aber ganz typisch für die Bürokratie in unserem Land und die Leidtragenden sind wieder einmal die Schwächeren! Auch hier musste ich eine Sozialgerichtsklage einreichen.

Ich bin sehr gespannt, wie die Richter bei den laufenden

Sozialgerichtsklagen entscheiden und ob hier der Mensch auch wieder in den Hintergrund gestellt wird. Armes Deutschland, wenn Unfallopfer sich viele Ansprüche erst gerichtlich erstreiten müssen! Das tut mir weh und es war mir deshalb ein Bedürfnis, in diesem Buch über diese Situation zu erzählen. Immer noch sind einige Menschen der Ansicht, dass es den Unfallopfern in Deutschland nur zu gut geht und sie sich durch Schmerzensgeld oder Ähnliches finanziell an ihren Unfällen bereichern. Es mag vereinzelte Ausnahmen geben, in denen dies der Fall ist. Die Regel ist es mit Sicherheit nicht! Und auch in meinem persönlichen Fall verhält es sich nicht so. Tauschen möchte interessanterweise aber doch keiner der Kritiker mit Unfallopfern und Behinderten! Lediglich das Geld für Schmerzensgeldzahlungen würde man gerne nehmen und so kommt manchmal völlig unberechtigter Neid auf. Sicherlich habe ich Schmerzensgeld und Verdienstausfall von der Bahn erhalten. Ich wäre aber für die Zukunft finanziell bei weitem besser gestellt gewesen, wenn ich diesen Unfall nicht erlitten hätte – von allen anderen Einschränkungen der persönlichen Möglichkeiten, der Bewegungsfreiheit und Lebensqualität und von der seelischen Belastung einmal ganz abgesehen. Wo kann hier die Rede von Bereicherung sein?

Die Rahmenbedingungen haben geholfen

Wir sind wieder beim Glück im Unglück – und da haben bei mir einige Rahmenbedingungen geholfen. Vom Arbeitsunfall und deren Absicherung habe ich bereits gesprochen. Des Weiteren hatte ich aber auch mit meinem Arbeitgeber Glück, dass er mich unterstützte und dass ich als Arbeitnehmer dort gut unfallversichert war. Der damalige Geschäftsführer Uwe Voelker und auch die Herren Peter Knoedel und Udo Wist zeigten viel Mitgefühl und gaben Unterstützung. An dieser Stelle möchte ich dem Unternehmen BP-Mineralöle meinen Dank sagen und auch noch zum Ausdruck bringen, dass ich sehr gerne für die BP gearbeitet habe und es mir heute Leid tut, dass ich nicht mehr im Unternehmen tätig sein kann!

Die Unfalldienstreise war über die Amex-Karte bezahlt worden und somit war ich auch dort versichert. Amex (American-Express-Services) zeigte sich ebenfalls korrekt und freundlich und unterstützte mich.

Glück hatte ich auch, dass ich noch über eine private Unfallversicherung verfügte. Hier wieder mein Tipp: Versichern Sie sich rechtzeitig für relativ kleine Beiträge und im Falle eines Unfalles hilft Ihnen das wenigstens finanziell weiter. Körperliches Leid und finanzielle Sorgen harmonieren nämlich überhaupt nicht und sind die schlechteste Variante bei einem Unfall!

Wo hatte ich noch Glück und wo stimmten noch die Rahmenbedingungen, die persönlichen Lebensumstände, um mit dem Unglück zurecht zu kommen?

Glück hatte ich, eine so tapfere, liebe und großartige Frau zu haben. Mit meinen großartigen und liebevollen Eltern hatte ich eine gute Stütze und somit großes Glück. Als glücklich war sicherlich auch die schnelle Rettung und die ganze Rettungskette zu bezeichnen. Mit Andreas Effinghausen hatte ich einen Lebensretter gefunden, der uns auch nach dem Unfall mit Rat und Tat zur Seite stand. Er hat nicht nur seine Pflicht als Polizist erfüllt, sondern hat große Menschlichkeit und Fürsorge weit über seine Aufgabe hinaus bewiesen! Es entwickelte sich eine gute Freundschaft. Danke Andreas!

Die tolle und umfangreiche Unterstützung der ganzen Familie und des großen Freundeskreises kann ich nur als Glück bezeichnen.

Am 31. Oktober 1998 haben Monika und ich zu einer großen Wiedersehensfeier eingeladen. Über 160 liebe Menschen folgten unserer Einladung, um mit uns das überstandene Zugunglück zu feiern. Dieser Feier war die Nachfeier des 30. Geburtstages von Monika und die nachträgliche Feier meines 31. Geburtstag angeschlossen.

Diese große Feier hatte einen ganz besonderen Flair und wir denken noch gerne daran zurück.

Bei dieser Feier bedankte ich mich bei allen Helfern namentlich und bei der Familie für die wunderbare Unterstützung nach dem schrecklichen Unfall. Umrahmt wurde die Feier von einer 2-Mann-Kapelle, einer Tanzgruppe und von Dudelsackbläsern. Winfried Hartung aus Eichenzell überraschte mich mit einem Lied. Es war einfach toll! Hans Helmreich und Hubertus Wiegand haben uns hervorragend bewirtet und verwöhnt. Meine Schwiegermutter Helmtrud bedankte sich bei meiner Frau dafür, so eine schöne Feier erlebt zu haben und sprach damit aus, was viele Gäste gedacht und gefühlt haben.

Unterstützung von Familie und Freunden

Da ich die Unterstützung von Familie und Freunde bei derart schweren Unfällen als lebenswichtig und notwendig empfinde, möchte ich darauf auf den kommenden Seiten nochmals näher eingehen.

Auf dieser Feier lernte ich auch – jetzt mit ganzem Bewusstsein – meinen Lebensretter Andreas und seine liebe Lebensgefährtin Petra Paschko kennen. Andreas schenkte mir zum Wiedersehen ein Fotoalbum mit eindrucksvollen Aufnahmen vom Unglücksgeschehen. Er schrieb mir eine schöne Widmung, die ich hier gerne wieder geben möchte:

Am 03. Juni 1998, um 11.03 Uhr, wurde ich zum schlimmsten Unfall meines bisherigen Lebens geschickt.
Auf der Bahnstrecke Hannover/Hamburg war bei Eschede ein ICE entgleist.
Der Anblick vor Ort löste lähmendes Entsetzen und eine kurze Handlungsunfähigkeit aus. So etwas hatte ich noch nicht gesehen. Es war still, so fürchterlich still, absolute Ruhe. Erst die Sirenen herannahender Feuerwehr- und Krankenfahrzeuge riss mich aus meinem tranceartigen Zustand.
Und dann war da die Stimme, die mich augenblicklich aktiv werden ließ. Mein Name ist Udo Bauch, ich bin verletzt, kann mich nicht bewegen, Sie helfen mir doch? Nachfolgende Bilder bedürfen keines Kommentars, sind Momentaufnahmen und lassen den Betrachter mit meinen Augen sehen.
Das war vor fünf Monaten. Heute kommen wir wieder zusammen, haben uns nicht aus den Augen verloren.
Ich bin froh, dass es Dir heute schon wieder so gut geht und Du weiterhin im Kreise Deiner lieben Familie sein kannst.
Der Unfall von Eschede bleibt mir ewig im Gedächtnis haften und hat einen Namen, Udo Bauch.
Ich wünsche Dir weiterhin alles Gute und hoffe, dass wir noch viele Stunden zusammen verbringen werden.

Andreas Effinghausen   *Celle, 31. Oktober 1998*

Andreas Effinghausen hatte auch lange Zeit große Probleme bei der Bewältigung dieses Unfalles. Die Widmung kam aus ganzem Herzen und war für mich an dieser einzigartigen Feier eine große Freude. Einige Redner, darunter Bürgermeister Rudolf Breithecker und Uwe Voelker von der BP zeigten ihre Anteilnahme an dieser Feier, die bis weit in die Nacht eine ganz besondere Atmosphäre von Freude und Dankbarkeit behielt.

Die Unterstützung meiner Frau bei diesem Unfall war mehr als beachtlich und sie ging an die Grenzen ihrer Kraft. Alleine, dass Monika den Mut hatte, am 4. Juni bereits wieder in einem ICE zu sitzen, ist einer Erwähnung wert.

Bei mir zu sein, alles zu organisieren und dabei noch Kinder und Haushalt zu versorgen, das empfinde ich als eine unglaubliche Leistung.

Aber auch die Unterstützung durch meine Eltern werde ich mein Leben lang nicht vergessen. Mutter und Vater haben mir in dieser leidvollen Zeit viel Kraft gegeben.

Obwohl meine geliebte Mutter leider selbst krank ist, hat sie ihre eigene Krankheit zurück gestellt und war immer für mich da. Ich wünsche an dieser Stelle meiner lieben Mutter weiterhin eine gute Genesung und alles Gute. Mutter, kämpfe weiterhin so tapfer, denn wir brauchen Dich noch lange Zeit und lieben Dich!

In dieser schweren Zeit hat die ganze Familie zusammen gehalten und sich gegenseitig Mut zugesprochen und Kraft gegeben. Das war schön und auch wichtig in dieser Situation.

Die Familie war für mich abends nach anstrengenden Therapien immer der einzige Hoffnungsschimmer des Tages. Meine Kinder gaben mir Kraft und Freude in der schwierigsten Zeit meines Lebens.

Die großartige Unterstützung durch meinen Lebensretter, unseren Freundeskreis, die Reiterkollegen und die Nachbarschaft war überwältigend und dafür möchte ich mich in diesem Buch bei allen lieben Menschen, die mir und meiner Familie geholfen haben, noch einmal bedanken. Es war gut, in dieser schrecklichen Situation gute Freunde und liebe Menschen an seiner Seite zu wissen. Die Unterstützung von Familie und Freunden hat sich dauerhaft in meinem Gedächtnis eingeprägt und ich werde die vielen guten Erfahrungen nicht mehr vergessen.

Ich wünsche allen Unfallopfern eine genauso liebe und fürsorgliche Familie. Wenn dann noch so ein guter Freundeskreis zur Seite steht, kann man sich auch als Unfallopfer glücklich schätzen.

Mir hat die Familie und der Freundeskreis bei der Bewältigung der schweren Unfallfolgen in so vielfältiger Weise geholfen, dass ich dafür bis heute zutiefst dankbar bin.

Udo Bauch mit Frau Monika, den Kindern Patrick und Kristina und seinen Eltern Brigitte und Hans Bauch. Die Familie gab Udo nach dem Unfall Halt und Unterstützung.

Glaube und Gelöbnis –
Die Lourdeskapelle Eichenzell

Der Glaube an Gott, Jesus und an Maria hat mir geholfen, die Unfallfolgen zu bewältigen. Vor dem Unfall war ich bereits gläubig und besuchte unregelmäßig die Gottesdienste. Meine Todesängste und die Ängste in den Kliniken festigten meinen Glauben in vielfacher Weise. Ich habe unheimlich viel gebetet und gehe heute mit gläubigerer Einstellung durch mein Leben. Natürlich hat sich auch meine Einstellung zu kranken und behinderten Menschen in dieser Zeit geändert, weil ich deren Sorgen und Nöte jetzt gut nachvollziehen kann. Auch darüber bin ich froh.

Ich bin fest davon überzeugt, dass mir der Glaube und das Gebet geholfen haben, dorthin zu kommen, wo ich heute bin. Ohne das Gebet und den Glauben hätte ich es nicht in dieser Form geschafft.

Auch die zahlreichen Messen, die für mich abgehalten worden sind, und die vielen Gebete für mich haben sicherlich zu meiner Genesung beigetragen. Auch heute ist für mich das Gebet, der Glaube und der Besuch von Gottesdiensten in meinem Leben sehr wichtig und ich bin glücklich darüber, dass es so ist.

Aus tiefer Dankbarkeit wurde die Lourdeskapelle Eichenzell gebaut, die heute in unserem Garten steht. Wie es dazu kam, möchte ich Ihnen erzählen.

Wenn man heute die Familie Bauch in Eichenzell besucht, kommt man nicht um den Anblick der Lourdeskapelle Eichenzell herum. Diese Dankeskapelle steht im Garten der Familie Bauch und wurde von der Familie aus Dankbarkeit für das Überleben des Familienvaters Udo beim ICE-Unglück erbaut. Aufgrund einer besonderen Beziehung zum Wallfahrtsort Lourdes entschieden wir uns dazu, die Kapelle Lourdeskapelle zu nennen. Mehrere Statuen, darunter die große Gottesmutter, und zahlreiche christliche Bilder schmücken die Kapelle.

Die Idee dazu reifte in meinem Kopf bereits in der Rehaklinik Hessisch-Oldendorf, als ich nach und nach die Unfallfolgen verstand und erkannte, wie viel Glück ich doch bei dem Unglück hatte, nicht unter den 101 Toten zu sein. Irgendwie hatten Monika und ich diesen glücklichen Umstand auf Gott und Maria zurückgeführt. So war mein Wunsch nicht mehr zu verdrängen, zum Dank an Gott und Maria ein äußeres Zeichen zu setzen. Ich dachte zunächst an ein Wegkreuz im Garten oder daran, eine christliche Statue für das Gotteshaus Eichenzell zu stiften.

Monika sagte mehr aus Spaß: »Dann baue doch eine Kapelle!«

Diese ursprünglich nicht ganz ernst gemeinte Idee griff ich aber auf, und kurz darauf wurde ein Architekt beauftragt, ein kleines Gotteshaus im Garten der Familie Bauch zu planen. Als bauliches Vorbild diente die St. Bruder-Klaus-Kapelle in Bad Dürrheim, die von meinen Schwiegereltern 1995 auf deren Grundstück erbaut worden war. Die Bauphase machte viel Freude und die Gestaltung des zwölf Quadratmeter großen Innenraumes nahmen meine Frau und ich mit viel Liebe selbst vor. So wurden Statuen an die Wand montiert, Bilder aufgehängt und Kirchenbänke organisiert.

Am 28. Mai 2000 wurde die Dankeskapelle unter Beisein von über 300 Menschen feierlich durch Pfarrer Frischkorn eingeweiht. Ich hatte mein in der Reha-Klinik beschlossenes Gelöbnis eingelöst. Ein kleines Volksfest bildete den krönenden Abschluss des christlichen Versprechens.

Von zahlreichen Bürgern und Firmen wurde ich in diesem Vorhaben unterstützt und so wird die Kapelle als ein »schönes Kleinod« in Hessen bezeichnet. Besonderer Dank gilt hier Bischof Pater Georg aus Schwenningen, der uns viele Kostbarkeiten für die Innenausstattung zukommen ließ.

Zum Dank für sein Überleben beim Zugunglück ließ Udo Bauch die Lourdeskapelle Eichenzell bauen.

Die Lourdeskapelle wird täglich von gläubigen Menschen zum Gebet aufgesucht.

Der Glaube und das Gebet haben Udo Bauch geholfen.

Postkarte

Viele tausend Menschen haben seither die Kapelle in Eichenzell aufgesucht, die den Unfallopfern und insbesondere den Toten der ICE-Katastrophe gewidmet wurde.

An manchen Wochenenden suchen um die 100 Leute
die schöne Kapelle auf – den Platz, an dem ich heute einfach zu mir selbst finden kann. Nicht nur mein Glaube,
nein, eigentlich mein ganzes Dasein hat sich verändert.
Ich lebe viel bewusster und gesünder. Ab und zu gehen die
schrecklichen Ereignisse von damals natürlich trotzdem
noch durch den Kopf und dann muss ich sehr stark sein,
um keine Tränen zu vergießen. Und doch betrachte ich den
Unglückstag als Anstoß, das Leben noch einmal ganz neu
zu überdenken und das Positive aus dem Unglück kritisch
herauszufiltern. Gott hilft dabei!

Auch meine Kinder Patrick und Kristina beten mit Ehrfurcht vor den Eschede-Opfern in der Kapelle. Kristina
zieht immer wieder mal mit ihrem verschmitzten Lächeln

an einer daumendicken Kordel, die zu der Glocke im Kapellenturm führt. Je häufiger sie zieht, desto schöner und klangvoller ertönt die Glocke und es wird deutlich, welches große Glück ihr Papa doch hatte, das ICE-Unglück überlebt zu haben.

Ich danke Gott, dass ich heute lebe und zwei Mal im Jahr Geburtstag feiern kann. Auch deshalb wurde die Lourdeskapelle in unserem Garten erbaut und ich bereue dies zu keiner Stunde. Die Kapelle macht mir jeden Tag im Gebet Freude und gibt mir täglich neue Lebenskraft.

Gerne möchte ich deshalb an dieser Stelle meine Begrüßungsrede, die ich am 28. Mai 2000 zur Einweihung der Lourdeskapelle gehalten habe, noch einmal mit Ihnen teilen:

Mut ist eine kostbare Gabe. Wir können viel verlieren, ohne wirklich unglücklich zu sein.
Wenn wir den Mut verlieren, haben wir alles verloren. Wer den Mut verliert ist wie ein Vogel, der seine Flügel verliert. Da ist kein freier Himmel mehr, keine frische Luft, keine Sonne, keine Zukunft.
Wie bekommen wir Mut?
Alles hängt daran, wie wir das kleine Stück Leben anschauen, das unser eigenes Leben ist, das eingespannt ist zwischen Wiege und Grab, so zerbrechlich und so kurz. Ist unser Auge rein und frei von der Sucht, alles schwarz zu sehen, frei von Ichsucht und Habsucht, dann sehen wir unser eigenes Leben viel klarer.
Mut ist eine seltsame Kraft. Anderen Mut machen und sich selbst Mut machen ist das Beste, was ein Mensch tun kann. In jeder Situation, unter allen Umständen. Mit Mut kommt man überall durch. Man lässt die Sonne scheinen durch alle dunklen Wolken hindurch.
Bei all den leidvollen Erfahrungen, die ich mit dem Zugunglück von Eschede gemacht habe, habe ich den Mut nie verloren. Mit dieser Einleitung über den Mut im Leben möchte ich Sie zur Einweihung der Lourdeskapelle Eichenzell, die den Unfallop-

fern des schrecklichen Zugunglücks von Eschede gewidmet ist, ganz herzlich begrüßen. Ein besonderer Gruß gilt meinem Lebensretter Andreas Effinghausen, der mittlerweile ein lieber Freund von mir geworden ist. Begrüßen möchte ich Herrn Prof. Krasney als Ombudsmann der Deutschen Bahn AG, Herrn Bürgermeister Breithecker, Herrn Hilfenhaus von der Gemeindevertretung Eichenzell und Herrn Frohnapfel als Vertreter des Landrates. Grüßen möchte ich alle anwesenden Unfallopfer und Hinterbliebene. Grüß Gott sage ich der Eichenzeller Bürgerschaft, allen Spendern, Sponsoren, dem Musikverein Eichenzell und allen Anwesenden. Einen herzlichen Dank möchte ich an Herrn Pfarrer Frischkorn sagen, für die würdevolle Einweihung der Lourdeskapelle. Mit dem Bau und der Einweihung geht für mich persönlich ein Herzenswunsch in Erfüllung. Ich konnte ein äußeres Zeichen setzen, um Gott und Maria zu danken, dass ich diese schwere Katastrophe überlebt habe und dass ich im Kreise meiner Familie weiter leben darf.

Es bleibt nicht viel Zeit, um glücklich zu sein. Die Tage sind schnell vorüber. Das Leben ist kurz. In das Buch unserer Zukunft schreiben wir Träume, und eine unsichtbare Hand durchkreuzt uns die Träume. Es bleibt uns keine Wahl. Sind wir heute nicht glücklich, wie werden wir es morgen sein? Pack diesen Tag an mit deinen beiden Händen. Nimm gern entgegen, was er dir gibt: das Licht des Tages, die Luft und das Leben, das Lachen dieses Tages, das Wunder dieses Tages. Nimm diesen Tag entgegen. Ich habe den Unfalltag als meinen zweiten Geburtstag und als neue Chance entgegengenommen und habe versucht, das Beste daraus zu machen. In meinem Leben haben sich die Prioritäten verschoben, der Glaube hat sich gefestigt, das Familienleben wurde intensiver und der Drang nach Karriere und Geld ist in den Hintergrund getreten. Als ich nach der schweren Anfangszeit der Rehabilitation erkannte, wie viele Schutzengel ich gehabt haben muss, um dieses Unglück zu überleben, habe ich diesen Lebenseinschnitt als Fügung Gottes erkannt und für mich stand sehr schnell fest: Ich möchte danke sagen. Danke, um jeden Tag neu erleben zu können. Neu bist du, wenn du staunst, weil jeden Morgen Licht da ist, wenn du glücklich bist, weil deine Augen sehen, deine Hände fühlen, deine Füße laufen, weil dein Herz schlägt.

Neu bist du, wenn du weißt, dass du lebst, wenn du denkst, dass heute der erste Tag vom Rest deines Lebens beginnt.

Neu bist du, wenn du mit reinem Blick auf Menschen und Dinge schaust, wenn du noch lachen kannst, wenn du dich freuen kannst über die einfachen, kleinen Blumen am Weg deines Lebens.

Ich habe gelernt, mich über die kleinen Dinge – über die kleinen Fortschritte bei meiner Genesung – zu freuen. Trotz aller erheblichen Einschränkungen bin ich dankbar, dass ich sprechen kann, dass ich sehen kann und dass ich laufen kann.

Ich habe gelernt, was es heißt, nicht sprechen, nicht laufen zu können und auf den Rollstuhl angewiesen zu sein.

Diese Kapelle ist ein Zeichen für meine unsagbare Dankbarkeit, für all das, was ich noch kann. In dieser Kapelle soll der 101 Toten von Eschede gedacht werden, die nicht mehr die kleinen Dinge des Lebens genießen können. Gedenken wollen wir auch der vielen Verletzten und Hinterbliebenen, die wir im Gebet in der Kapelle einschließen möchten. Wenn diese Kapelle außerdem dem Besucher die nötige Ruhe schenkt, um bei Gott immer wieder einzukehren, so erfüllt sie ihren Sinn.

Möge dieser Ort eine Stätte der Andacht und der Besinnung werden, um jeden Tag neu zu erleben und um dankbar für die vielen guten Dinge des Lebens zu sein.

Meine sehr verehrten Anwesenden: Das Leben kann schwer sein, furchtbar schwer. Das Leben kann dich manchmal bis ins Tiefste deiner Seele treffen. In solchen qualvollen Augenblicken sucht jeder Mensch Trost. Ohne Trost kannst du nicht leben. Trost ist wie eine Oase in einer großen Wüste. Trost ist wie eine sanfte Hand auf einem Kopf. Trost ist wie ein gütiges Gesicht in deiner Nähe, die Gegenwart von einem, der deine Tränen versteht, der einem gepeinigten Herzen zuhört, der in deiner Angst und Not bei dir bleibt und der dich ein paar Sterne sehen lässt. Möge diese Kapelle vielen Menschen in schweren Tagen Trost spenden und möge dadurch die Beziehung zu Gott größer werden. Das wünsche ich mir.

Zum Abschluss meiner Rede möchte ich mich ganz herzlich

bei allen Spendern und Sponsoren bedanken, die eine würdige Gestaltung der Inneneinrichtung ermöglichten. Dank sagen möchte ich allen, die uns bei der Vorbereitung und Durchführung dieser Einweihungsfeier unterstützt haben. Dank sagen möchte ich dem Musikverein Eichenzell für die gelungene musikalische Umrahmung, den Grußwortrednern für ihre netten Worte und schließlich Ihnen allen für Ihre Anteilnahme und Ihr Interesse. Ich danke Ihnen.

Mit den nachfolgenden Gebeten zu Ehren der Gottesmutter möchte ich die Berichterstattung über die Lourdeskapelle und mein damit verbundenes persönliches Gelöbnis schließen:

Gebet zur heiligen Bernadette

Heilige Bernadette, als schlichtes und reines Kind hast du achtzehn Mal in Lourdes die Unbefleckte Jungfrau schauen und ihre Botschaft entgegennehmen dürfen. Nach dieser Auszeichnung, die der Himmel dir gewährt hatte, verließest du die Welt, um dein weiteres Leben in der Einsamkeit als Sühnopfer für die Sünder Gott dem Herrn zu weihen. Erflehe uns diesen Geist der Reinheit, der Bescheidenheit und des Opfers, der dann auch uns eines Tages zur ewigen Anschauung Gottes und seiner jungfräulichen Mutter im Himmel führen wird. Amen.

Jungfrau, Mutter Gottes mein

Jungfrau, Mutter Gottes mein,
lass mich ganz dein Eigen sein.
Dein im Leben, dein im Tod,
dein in Unglück, Angst und Not,
dein in Kreuz und bittrem Leid,
dein für Zeit und Ewigkeit.
Jungfrau, Mutter Gottes mein,
lass mich ganz dein Eigen sein.

Mutter, auf dich hoff und baue ich.
Mutter, zu dir ruf und seufze ich,
Mutter, du gütigste, steh mir bei.
Mutter, du mächtigste, Schutz mir leih.

O Mutter, so komm, hilf beten mir.
O Mutter, so komm, hilf streiten mir.
O Mutter, so komm, hilf leiden mir.
O Mutter, so komm, und bleib bei mir.

Du kannst mir ja helfen, o Mächtigste.
Du willst mir ja helfen, o Gütigste.
Du musst mir nun helfen, o Treueste.
Du wirst mir auch helfen, Barmherzigste.

O Mutter der Gnaden, der Christen Hort,
du Zuflucht der Sünder, des Heiles Port.
Du Hoffnung der Erde, des Himmels Zier,
du Trost der Betrübten, ihr Schutzpanier.

Wer hat je umsonst deine Hilf angefleht?
Wann hast du vergessen ein kindlich Gebet?
Drum ruf ich beharrlich in Kreuz und in Leid:
Maria hilft immer, sie hilft jederzeit.

Ich ruf voll Vertrauen in Leiden und Tod:
Maria hilft immer, in jeglicher Not.
So glaub ich und lebe und sterbe darauf,
Maria hilft mir in den Himmel hinauf.

Gerade das zweite Gebet passt meiner Meinung nach auf das Zugunglück von Eschede und wird von mir täglich gebetet.

Ich möchte auch Sie, liebe Leser, ermutigen und zum täglichen Gebet einladen.

Schlusswort

Die Auswirkungen eines schweren Unfalles sollten erörtert werden, einen persönlichen Leidensweg wollte ich aufzeigen und über meinen Standpunkt zum Glauben berichten. Ich hoffe, dass mir das mit den Schilderungen in diesem kleinen Buch gelungen ist und die Leser mit mir und meiner Familie etwas mitfühlen konnten.

Es erschien mir auch ganz besonders wichtig, den Zusammenhalt der Familie und die Unterstützung durch Freunde bei einem solch schweren Unfall herauszustellen und zu beschreiben. Meine schlechten Erfahrungen mit der Deutschen Bahn AG, mit Ämtern und Behörden wollte ich nicht verschweigen und ganz offen erörtern, so dass auch andere Unfallopfer daraus lernen können.

Über ein Feed-back von Ihnen, liebe Leser, würde ich mich sehr freuen. Ich bin auch über negative Kritik nicht traurig und nehme diese dankbar an. Die Herausgabe eines kleinen und eigenen Buches ist mir schon seit längerer Zeit ein Herzenswunsch, den ich mir nun selbst erfüllen konnte. Ich danke Gott dafür, dass er mir die Kraft für die Mühe gab, die ich aufwenden musste, dieses Buch zu schreiben. Es hat mir viel Spaß und Freude gemacht.

Ich wünsche Ihnen aus tiefem Herzen stets gute Gesundheit und Vertrauen in die Hilfe Gottes, ohne die es auf die Dauer nicht geht.

Ihr Udo Bauch